A SAGA do CHANCELER ROLIN e seus DESCENDENTES

CB061114

Sérgio Rolim Mendonça

A SAGA do CHANCELER ROLIN e seus DESCENDENTES

Copyright © 2020 de Sérgio Rolim Mendonça
Todos os direitos desta edição reservados à Editora Labrador.

Coordenação editorial
Pamela Oliveira

Revisão
Laila Guilherme

Projeto gráfico, diagramação e capa
Felipe Rosa

Imagem de capa
Jean Wauquelin presenting his 'Chroniques de Hainaut' to Philip the Good, Rogier van der Weyden. Royal Library of Belgium

Assistência editorial
Gabriela Castro

Preparação de texto
Diana Rosenthal

Dados Internacionais de Catalogação na Publicação (CIP)
Angélica Ilacqua – CRB-8/7057

Mendonça, Sérgio Rolim
  A saga do chanceler Rolin e seus descendentes / Sérgio Rolim Mendonça. – São Paulo : Labrador, 2020.
  144 p. : il.

Bibliografia
ISBN 978-65-5625-057-1

1. Rolin, Nicolas 1376-1461 – Biografia 2. Rolin, Família - Genealogia I. Título

20-3334   CDD 929.2

Índice para catálogo sistemático:
1. Família Rolin

EDITORA Labrador

Editora Labrador
Diretor editorial: Daniel Pinsky
Rua Dr. José Elias, 520 – Alto da Lapa
05083-030 – São Paulo – SP
+55 (11) 3641-7446
contato@editoralabrador.com.br
www.editoralabrador.com.br
facebook.com/editoralabrador
instagram.com/editoralabrador

A reprodução de qualquer parte desta obra é ilegal e configura uma apropriação indevida dos direitos intelectuais e patrimoniais do autor.

A editora não é responsável pelo conteúdo deste livro.
O autor conhece os fatos narrados, pelos quais é responsável, assim como se responsabiliza pelos juízos emitidos.

Para Théo

Sonho que sou Alguém cá neste mundo...
Aquela de saber vasto e profundo,
Aos pés de quem a Terra anda curvada!

E quando mais no céu eu vou sonhando,
E quando mais no alto ando voando,
Acordo do meu sonho... E não sou nada!...[1]

libri medullitus delectant,
colloquuntur, consultunt, et viva
quaddam nobis atque arguta
familiaritate junguntur.[2]

os livros dão deleite que vai ao
tutano dos ossos, eles nos falam,
consultam, e juntam-se a nós numa
viva e vívida intimidade.

---

1. Trecho do poema "Vaidade", de Florbela Espanca, poetisa portuguesa nascida em Vila Viçosa em 1894 e falecida em Matosinhos em 1930. Viveu uma vida prolífica e tumultuada, estabelecendo-se, à frente de seu tempo, na vanguarda de um corpo de escritoras que ainda não havia surgido em Portugal.
2. Trecho das *Cartas familiares*, de Francesco Petrarca, poeta e humanista italiano nascido em Arezzo em 1304 e falecido em Arquà Petrarca em 1374. Inventor dos sonetos, Petrarca era fascinado pela Antiguidade pagã. Recolocou em circulação, copiando, comparando e corrigindo, antigos textos latinos, os quais compartilhou com uma vasta rede de correspondentes.

Agradeço à minha querida esposa, Lucinha, pela eterna paciência e ao estimado amigo de infância José Humberto Espínola Pontes de Miranda, pelo inegável e perene incentivo.

Sumário

- 13 *Prefácio*
- 19 Apresentação – *Lentes de longo alcance*
- 21 *Notas do autor*
- 25 Capítulo 1 – *Autun e o Museu Rolin*
- 37 Capítulo 2 – *Genealogia de Nicolas Rolin*
- 50 Capítulo 3 – *A Madona do chanceler Rolin*
- 58 Capítulo 4 – *Construção dos Hospices de Beaune*
- 70 Capítulo 5 – *Pinturas, tapeçarias e mobiliário dos Hospices de Beaune*
- 82 Capítulo 6 – *Os vinhedos do Hôtel-Dieu*
- 98 Capítulo 7 – *Os Hospices de Beaune com o passar dos séculos*
- 113 Capítulo 8 – *Alguns descendentes com sobrenome Rolim*
- 135 Anexo – *Árvore genealógica de Sérgio Rolim Mendonça*
- 138 *Referências bibliográficas*

Prefácio

O resgate da memória tem ocupado cada vez mais um importante papel nas preocupações contemporâneas. A atração pelos desafios da pesquisa genealógica se impõe para muito além dos domínios daqueles que são considerados especialistas no assunto. O gênero histórico, o estudo biográfico e o interesse pelo legado de família despertam em alguns a simples curiosidade, enquanto para muitos tornam-se uma verdadeira paixão. E, mais do que isso, uma premente necessidade, como se todos fossem súbita e insistentemente levados a reencontrar suas raízes, antes que elas se percam um dia.

É o caso do último livro de Sérgio Rolim Mendonça, um estudo biográfico que tem por título *A saga do chanceler Rolin e seus descendentes*, concluído em abril deste ano, sendo a mim estendido o convite do autor para que eu fizesse o prefácio, o que de pronto e honrosamente acolhi. Por algumas notícias que me chegavam, pensei se tratar de uma autobiografia imbricada no quadro maior de uma genealogia. Vi então que não era, pois esta já havia sido feita em seu livro *O caçador de lagostas*, publicado em 2018.

O professor Sérgio Rolim formou-se engenheiro civil pela Universidade Federal da Paraíba, engenheiro sanitarista pela Universidade de São Paulo e mestre em Ciências de Controle da Poluição Ambiental pela University of Leeds, na Inglaterra. É também o autor de dezenas de projetos na área de engenharia sanitária e ambiental, com mais de setenta trabalhos publicados no Brasil e no exterior, incluindo onze livros na área de tecnologia de água e esgoto. Hoje é um atuante e renomado consultor e integrante da APENGE (Academia Paraibana de Engenharia).

Senhor de uma respeitável obra técnica e acadêmica, Sérgio nunca se descurou da veia do historiador, parte integrante da sua formação e personalidade. Basta ler seus dois trabalhos, *Reflexões na Semana Santa* e *O caçador de livros*, escritos em 2020. Em ambos, como em quase todos os seus escritos – inclusive os textos técnicos –, a linguagem é fluida e fácil de ser entendida, revelando a salutar aproximação entre história e literatura, em que essas duas expressões espirituais dialogam, mas não se confundem. Não poderia deixar de citar também seu artigo *História dos esgotos de Paris*, em que trata das possibilidades do reúso dos dejetos tratados como fertilizante da terra, publicado no site da ABES (Associação Brasileira de Engenharia Sanitária e Ambiental), em outubro de 2019.

Em sua elegante narrativa, sentimos algo diferente em relação ao esgoto — hoje uma opção para muitos turistas ávidos em conhecer as cidades que existem sob metrópoles como Paris e Istambul. Uma cidade invisível, e não as cidades invisíveis de Ítalo Calvino, mas aquela habitada por assassinos e ladrões, como os do bando *Patron Minette*, retratado por Victor Hugo em *Os miseráveis*, que usavam o sistema de esgoto de Paris como esconderijo e rotas de fuga; os mesmos esgotos que permitiram Jean Valjean salvar a vida de Marius Pontmercy, o amado de sua querida filha Cosette, ferido pela fuzilaria das tropas leais a Luís Felipe contra a barricada erguida pelos revolucionários republicanos na rua Saint-Denis.

Se há dois anos fomos brindados com sua emocionante trajetória de vida em sua autobiografia, agora somos presenteados com *A saga do chanceler Rolin e seus descendentes*, uma história investigativa de suas origens, que passa da França a Portugal, daí a Minas Gerais dos tempos coloniais e, finalmente a Cajazeiras, já na nossa gloriosa Paraíba. Nela, o autor revela-se o acurado pesquisador e o autor prolífero que discorre, por exemplo, sobre as artes plásticas da época tendo como base uma rica iconografia. Da mesma forma, com suas informações dignas de um verdadeiro *connaisseur*, leva-nos a um delicioso passeio pelos vinhedos e vinícolas da Borgonha.

Nicolas Rolin (1376-1461), seu antepassado famoso e filho de uma abastada família francesa, nasceu em Autun – à época, uma próspera cidade e um importante centro cultural da região francesa de Borgonha-Franco Condado – e, após os estudos de Direito, acabou por se tornar chanceler do então ducado de Borgonha. Nesse passo, Rolin tem seu nome ligado a uma obra singular que vai do político ao artístico e ao social, em uma conjuntura marcada pelas crises dos séculos XIV e XV, quando a fome e a peste negra se conjugavam dramaticamente com consequências avassaladoras.

O reino da França tem esse quadro caótico agravado pelos horrores da Guerra dos Cem Anos (1337-1453), a eclosão de rebeliões camponesas como as Jacqueries e, paralelamente, com a violência política da guerra civil entre Armagnacs (partidários dos reis franceses) e Borguinhões (partidários dos duques de Borgonha). Além disso, o ducado de Borgonha era um verdadeiro estado autônomo que buscava a independência e havia se alinhado, desde 1419, aos ingleses na longa guerra contra os franceses. Um quadro que prenunciava, em definitivo, o colapso da ordem feudal.

É de Nicolas Rolin a iniciativa de fundar hospitais (*hospices*), como o de Beaune, para atender a população pobre e necessitada e as vítimas da Guerra dos Cem Anos, bem como a construção de igrejas, dotando-as de benefícios financeiros para sua manutenção. Também é conhecida sua ligação com artistas da época, como Jan van Eyck, um dos fundadores da Escola Flamenga e autor de uma famosa obra, que tem o próprio chanceler como uma das três figuras centrais da tela: a Virgem, o menino Jesus e o chanceler. A tela, conhecida como *A Madona do chanceler Rolin*, está hoje exposta no Museu do Louvre, em Paris.

Contudo, é no campo político que seu envolvimento se faz notável: foi participante do Congresso de Arras e um dos artífices do tratado de mesmo nome celebrado em 1435 que praticamente selou o fim da Guerra dos Cem Anos. Afinal, com a quebra da aliança com Borgonha, agora reconciliada com a França, a Inglaterra não tinha como sustentar a ocupação do território francês que ela exercera por um longo tempo. Já Carlos VII, com o reconhecimento oficial do duque de Borgonha, teria consolidado de vez sua posição como monarca da França.

A obra de Nicolas Rolin teve continuidade com os filhos Jean, Guillaume e Antoine: o primeiro como bispo de Autun e, a partir de 1448, como cardeal, o segundo e o terceiro com papéis destacados, respectivamente, na corte de Luís XI e de Carlos, o Temerário. Seu espírito pragmático se perpetuaria em seus descendentes para além da França: em Portugal, com o "Rolin estrangeiro" cantado por autores lusos, e no Brasil Colonial do século XVIII, com Antônio Rolim de Moura, filho da união das famílias Rolim e Moura, como vice-rei no Rio de Janeiro, com o padre José da Silva e Oliveira Rolim, da Inconfidência Mineira, e, no século seguinte, com o padre Inácio de Sousa Rolim, o célebre educador de Cajazeiras.

Na saga do chanceler de Borgonha, um estudo biográfico nos moldes da nova história cultural apresenta o biografado – Nicolas Rolin – como um sujeito singular, cujos destacados papéis ao longo do processo histórico acabam por torná-lo plural, conferindo-lhe, portanto, o significado de uma verdadeira biografia social, em que se mesclam a história, a literatura e o jornalismo.

Altiplano Cabo Branco, João Pessoa, agosto de 2020.

Francisco de Sales Gaudêncio
*Membro da Academia Paraibana de Letras e do Instituto Histórico e Geográfico Paraibano.
Historiador e autor de várias biografias, com destaque para* Joaquim da Silva, o empresário ilustrado do império, Paulo Barros de Carvalho, um jurista brasileiro – dimensões e percursos *e* Suanê – artebiografia.

APRESENTAÇÃO

Lentes de longo alcance

Em um texto que escrevi sobre o livro anterior de Sérgio Rolim Mendonça, *O caçador de lagostas*, aludi ao fato de o memorialista ter nascido vocacionado para exercer esse mister, o que já se percebia quando, criança ainda, deitava um olhar nostálgico sobre os seres e as coisas que giravam ao seu derredor. Com efeito, o memorialista age motivado pela firme convicção de que "tudo o que é sólido desmancha no ar". E disse ainda que o título desse livro, longe de ser uma excrescência, ratifica e põe em prática um verso antológico de Cecília Meireles: "A vida só é possível reinventada". E Sérgio Rolim a reinventa quando sai da mesmice, do ramerrão do cotidiano, para, na condição de um exímio caçador de lagostas, mergulhar noutras águas, nas águas do seu *mar de dentro*.

Desta feita, porém, Sérgio vai mais longe: retrocede ao ano em que nasceu o seu remoto ancestral, Nicolas Rolin

(1376), e paulatinamente vai chegando aos ascendentes mais próximos, ancorando, por último, na cidade de Cajazeiras, Paraíba, berço do padre Inácio de Sousa Rolim.

No entanto, longe de se restringir à genealogia de Nicolas Rolin, Sérgio dá uma ênfase especial às cidades, às artes plásticas, às formas de governo, às pandemias, às intrigas familiares, enfim, a todo um contexto que ele filtra e congela com as lentes de longo alcance do historiador que ele também é.

Para escrever *A saga do chanceler Rolin e seus descendentes*, Sérgio ultrapassou as fronteiras do Brasil com o fito único e exclusivo de colher *in loco*, mais exatamente na França, os elementos necessários à consecução de uma obra que é também fruto de um disciplinado pesquisador de lugares e de documentos.

Enfim, se de posse das ferramentas necessárias à feitura do livro o autor passa a narrar os fatos como se os estivesse vivendo no calor da hora, resta ao leitor se situar no epicentro dos episódios para também vivê-los e saboreá-los, por meio da linguagem substantiva e despojada de Sérgio Rolim Mendonça.

Sérgio de Castro Pinto
*Professor titular do Departamento de Letras Clássicas da UFPB.
Ocupante da Cadeira nº 39 da Academia Paraibana de Letras.
Poeta, jornalista, ensaísta e autor de vários livros, destacando-se* Folha corrida, poemas escolhidos (1967-2017), Os paralelos insólitos *e* O leitor que eu sou.

Notas do autor

No fim do ano de 2016, estava a pensar como escrever meu livro de memórias. Havia mais de dez anos que tinha esse plano fervilhando na minha cabeça. Quantos capítulos teria? Para facilitar minha escrita, teria que começar pelo capítulo mais fácil, o tema de que tivesse mais dados e conhecimento, para poder avançar. Finalmente, *O caçador de lagostas* foi escrito e terminou composto por 38 capítulos.

Dentre todos os diversos assuntos que abordaria, decidi escrever um capítulo detalhando a origem do meu sobrenome Rolim, que eu sabia ter sido originado na cidade de Cajazeiras, Paraíba, fundada por Vital de Sousa Rolim I, pai do famoso padre Inácio de Sousa Rolim, grande educador dessa cidade. A ideia era realizar apenas uma pesquisa a partir do padre Rolim até chegar à minha pessoa. Entretanto, após o início da pesquisa, as informações foram se ampliando de tal maneira que me entusiasmei e adicionei outros fatos interessantes e pitorescos ao capítulo. O ápice foi haver descoberto um personagem muito famoso no século XV, um chanceler de nome Nicolas Rolin, que viveu na cidade de Autun, região da Borgonha, França. Era muito influente, foi representante do duque da Borgonha João sem Medo no Parlamento de Paris e, posteriormente, chanceler nomeado por Filipe, o Bom, filho do duque e sucessor do trono ducal. Ocupou essa posição por cerca de quarenta anos, acumulando grande fortuna. Foi ainda o mentor do Tratado de Arras, que pôs fim à Guerra dos Cem Anos (1337-1453). Além de tudo, foi o idealizador, junto à sua esposa, Guigone de Salins, da construção do Hôtel-Dieu, ou Hospices de Beaune, um hospital público para atendimento a pobres, desvalidos e, também, vitimados da Guerra dos Cem Anos. Esse hospital foi declarado monumento histórico em 1862 e hoje é um museu famoso.

Nicolas Rolin ficou imortalizado pelo quadro que encomendou a Jan van Eyck, concluído entre 1430 e 1435, intitulado *A virgem do chanceler Rolin*. O próprio Nicolas Rolin foi retratado nessa pintura ao lado da Virgem Maria e do menino Jesus. Essa obra encontra-se em exposição permanente no Museu do Louvre, em Paris.

Três meses após haver lançado *O caçador de lagostas*, resolvi organizar, em outubro de 2018, uma viagem à região da Borgonha, com minha esposa e minha irmã, para conhecer um pouco mais sobre a vida de meu famoso antepassado. A fim de facilitar a pesquisa e as visitas, além de ganhar tempo, contratei a proprietária de uma agência de turismo com sede em Lyon para nos levar diretamente a todos os locais de meu interesse. Visitamos Autun, onde ele nasceu, Dijon, onde efetuou seus estudos universitários, e Beaune, onde viveu por muito tempo, sede dos Hospices de Beaune. Visitamos algumas vinícolas, como o Château de Pommard, que faz parte dos vinhedos do Hôtel-Dieu, o hospital, o Museu Rolin e aproveitei para adquirir toda a bibliografia possível sobre o chanceler Rolin, a maioria escrita em francês e as demais em inglês. Ao regressar, consegui adquirir mais publicações francesas antigas referentes a Nicolas Rolin. Então, tive a ideia de escrever algo sobre essa figura emblemática da história da França.

Finalmente, no fim de abril de 2020, concluí este breve relato sobre a vida do chanceler, com a intenção de torná-lo conhecido no nosso país, onde há uma carência de literatura sobre sua pessoa. No último capítulo, incluí ainda informações históricas relacionadas ao nome Rolim desde a época de Nicolas, no século XV, que talvez possam ser úteis a todas as pessoas que tenham esse sobrenome.

Sérgio Rolim Mendonça
srolimmendonca@gmail.com

CAPÍTULO 1

Autun e o Museu Rolin

A cidade de Autun está situada na Borgonha, França. Fundada pelos romanos há mais de 2 mil anos, foi dominada por eles durante vários séculos. Algumas décadas após a Guerra Gálica, o imperador romano Augusto (63 a.C.-14 d.C.) reorganizou o território criando novas estradas e cidades. Por volta do ano 15 a.C., uma nova cidade nasceu à margem esquerda do rio Arroux. Sede da romanização, recebeu o nome de Augustodunum, que significa "a fortaleza de Augusto", em homenagem ao fundador, e, com o passar do tempo, foi simplificado para Autun.

Desde o início, o imperador implantou na cidade uma estrutura ambiciosa e monumentalizada, cercada por uma muralha de seis quilômetros de comprimento.[3] O traçado

---

3. BERTIN, D. *Autun: Dates, Facts and Figures*. Paris: Jean-Paul Gisserot, 2015.

de seus limites foi um ato sagrado e simbólico que, na era do imperador, não se materializava apenas pela construção de uma muralha: com o objetivo de ampliar o poder de Roma, o novo recinto de Augusto também desempenhava um papel estruturante, que permitisse o fortalecimento da estabilidade e da segurança da cidade. O espaço urbano assumiu a forma de um losango, aproveitando a inclinação natural do terreno, situado em uma encosta. Construída no meio dessa encosta, a muralha serviria ainda como muro de contenção, intercalada por torres circulares. Terraços sucessivos cobriam a cidade em função da topografia, totalizando uma grande área útil de cerca de duzentos hectares.[4]

No ano 356, ocorreu um cerco a Autun, dando início a uma série de infortúnios que assolariam a cidade. Na época, o comandante do exército romano era Juliano, o Apóstata (331-363), que posteriormente foi imperador de Roma e tornou-se conhecido por tentar defender o paganismo contra a crescente onda cristã: escreveu uma lista de obras cuja leitura era importante para os sacerdotes pagãos e também registrou alguns títulos que explicitamente desejava excluir, principalmente os de discursos epicuristas (ainda que também os cristãos – e principalmente eles – considerassem o epicurismo uma ameaça nefasta).[5]

---

4. PASQUET, A.; VERPIOT, I.; LABAUNE, Y. *Le Guide. Autun, ville d'art et d'histoire: musées, architectures, paysages*. Paris: Éditions du Patrimoine, 2015.
5. O termo "epicurista" vem do antigo filósofo grego Epicuro (341-270 a.C.), nascido na ilha de Samos, a alguns quilômetros da moderna Turquia. O que o tornou famoso foi seu foco hábil e implacável

Juliano passava o inverno em Viena quando recebeu a notícia do repentino ataque bárbaro contra Autun, que, embora fosse protegida por muros fortificados de tamanho considerável, estava enfraquecida pela decadência de séculos. O futuro imperador moveu suas tropas em direção aos invasores alamanos, e elas terminaram vitoriosas somente no ano de 357.

Em agosto do mesmo ano, foi travada a Batalha de Estrasburgo (ou de Argentorato), que opôs o exército romano comandado por Juliano à confederação das tribos alamanas comandadas por Conodomário. Juliano expulsou os alamanos da Renânia, região do oeste da Alemanha situada nas duas margens do rio Reno.[6]

Quase cem anos depois, em 451, derrotados pelo general romano Aécio (391-454) com a ajuda dos francos, visigodos e borgonheses na Batalha dos Campos da Catalunha, os hunos, chefiados pelo rei Átila (c. 400-453), recuaram e saquearam Autun durante a fuga.

Em meados do século VI, a Borgonha foi afetada pela primeira onda de contágio da doença conhecida como peste negra,[7] pandemia chamada também de peste justiniana, que

---

num tema específico: a felicidade. Os filósofos mais antigos buscavam saber como ser bom; Epicuro concentrava-se em como ser feliz. Foi muito criticado por seus inimigos, que, injustamente, consideravam-no um cultor dos prazeres terrenos, sexualmente obcecado. É devido a essa imagem que às vezes, ainda hoje, usamos o termo "epicurista" para descrever luxo e decadência, mas essas associações são infundadas. THE School of Life. *Grandes pensadores*. Rio de Janeiro: Sextante, 2016.
6. BERTIN, D., op. cit.
7. KARLEN, A. *Man and Microbes: Disease and Plagues in History and Modern Times*. Nova York: Touchstone Books, 1995.

abrangeu o Vale do Rhône e se espalhou pela área central da Gália. *La grand' mort* ("a grande morte"), como a pandemia ficou conhecida, regressou a Borgonha pela segunda vez em 1349, e, obviamente, Autun não foi poupada.

Diziam na época que a peste era tão abrangente e perniciosa que, dentre mil pessoas, dez não sobreviviam. Estima-se que entre 75 e 200 milhões de habitantes da Europa e da Ásia tenham morrido vítimas dessa doença, causada pela bactéria *Yersinia pestis*, transmitida ao ser humano por meio de pulgas (*Xenopsylla cheopis*) que picavam ratos pretos (*Rattus rattus*), além de outros roedores.[8] Somente no continente europeu, o número de mortos equivaleria a pelo menos um terço da população.

E os anos que ficaram conhecidos como "esfoladores" ainda estavam por vir: sofrendo de uma fome terrível e epidemias, a população da Borgonha via suas tropas desmembradas após um longo período lutando na Guerra dos Cem Anos, que ainda perdurava, espalhando terror nas cidades.

Como se não bastasse, a pandemia retornou a Autun ainda em 1628, e, embora a cidade já tivesse passado e ainda passaria por numerosos surtos epidêmicos ao longo de sua história, esse foi a pior de todos, infestando a região durante sete anos.

Entretanto, pesquisas realizadas por arqueólogos chegaram à conclusão de que a antiga cidade de Autun tinha

---

8. WATTS, S. *Epidemics and History: Disease, Power and Imperialism*. New Haven; Londres: Yale University Press, 1999.

um teatro com quase 150 metros de diâmetro e capacidade para até 20 mil espectadores – o maior do mundo romano, ao lado do teatro de Pompeu, em Roma. Para se ter uma dimensão da grandiosidade do teatro, basta imaginar que, no século XV, a população estimada da cidade de Autun era de 2 mil habitantes (dez vezes menor, portanto, do que a capacidade do teatro).

Também existem na cidade as ruínas conhecidas, como o templo de Janus, de 24 metros de altura, a catedral de Saint-Lazare (São Lázaro) e o Museu Rolin.[9]

Em 1372, Jean Rolin, pai de Nicolas, instalou-se na casa de seus sogros na esquina da *rue des Bancs* e da praça Saint-Louis (São Luís). Mais tarde, o chanceler Rolin reformou o edifício, estendendo-o até a muralha da cidade alta, ao norte, e reorganizando em dois pátios. Aqui, vale contar uma curiosidade interessante: a rua foi denominada *rue des Bancs* no século XIV devido à sua relação com a atividade dos açougues controlados pelo bispado: suas mercadorias ficavam expostas em barracas sobre inúmeros bancos instalados na via pública.[10]

A rua terminava na porta principal da cidade alta, composta por duas torres redondas emoldurando a entrada e encimada por uma guarita. Construída no século XII, essa parte foi modificada na segunda metade do século XIV, quando grandes companhias preparavam-se para invadir a Borgonha.

---
9. BERTIN, D., op. cit.
10. PASQUET, A.; VERPIOT, I.; LABAUNE, Y., op. cit.

Rolin provavelmente providencia a reforma da casa depois do ano de 1444, quando adquire a casa vizinha. Hoje em dia, somente a parte norte mantém o aspecto medieval. Consiste em duas alas perpendiculares, uma ao longo da *rue des Bancs* e outra anexada ao recinto, ligadas entre si por uma torre que abriga uma escada em espiral, servindo aos diferentes níveis. A ala oeste tem um teto particularmente agudo, perfurado por claraboias. As aberturas no térreo não têm uma organização estrita, mas as janelas dos outros dois níveis são mais regulares. O acesso ao pátio é feito por meio de uma varanda com um arco em forma de cesto. Os edifícios que emolduram o pátio sul estão marcadas pelas alterações dos séculos XVII, XVIII e XIX.

Como será citado com mais detalhes no próximo capítulo, a residência de Nicolas Rolin foi denominada de Hotel de Beauchamp até 1793. Posteriormente, transformou-se em Hotel Rolin. Em 1877, Jacques-Gabriel Bulliot, então presidente da Société Éduenne des Lettres, Sciences et Arts (Sociedade de Letras, Ciências e Artes, fundada em 1836), classificou o Hotel Rolin como monumento histórico, o que iniciou o processo de restauração dos edifícios e seu desenvolvimento. Com isso, a sociedade de Autun pôde instalar no local sua sede, a biblioteca e o museu, fundado oficialmente no ano seguinte.[11]

Foi também em Autun que Napoleão Bonaparte iniciou seus estudos militares. Junto de seu irmão Joseph, foi le-

---

11. Ibidem.

vado para lá por seu pai, Charles Bonaparte, no dia 1º de janeiro de 1779, e, em 1782, seu irmão Lucien uniu-se a eles. Na época, Charles era deputado da nobreza da Córsega em Versailles, e o bispo de Autun era Yves-Alexandre de Marbeuf, sobrinho do general de Marbeuf, responsável pela administração da Córsega – provavelmente, foi essa ligação que levou os meninos à cidade. Napoleão, admitido na escola militar de Brienne, deixou a faculdade de Autun em 20 ou 21 de abril de 1779. Joseph continuou até o fim de agosto de 1783, e Lucien, até 1784. Em 1867, a instituição passou a se chamar Lycée Bonaparte de Autun.

Menos conhecido do que o irmão, Lucien se tornaria presidente do Conselho dos Quinhentos, cujo apoio foi decisivo durante os dias de brumário,[12] que culminaram no golpe de Estado no dia 9 de novembro de 1799 (ou 18 de brumário), dando início à era do governo napoleônico na França. De Joseph, seus mestres enfatizavam seu caráter gentil, quieto e sério, enquanto mantinham a memória de um Napoleão orgulhoso e imperioso, envolvido em brigas.

Cônsul e depois imperador, Napoleão esteve várias vezes em Autun, hospedado no Hotel Saint-Louis. A cidade também participou de uma das etapas do período conhecido como os Cem Dias de Napoleão ou Governo dos Cem Dias, que marca o período do retorno de Napoleão ao po-

---

12. Do francês *brumaire*, que significa bruma ou névoa, brumário era um mês do calendário republicano da França. Equivalia aproximadamente ao período que vai de 23 de outubro a 21 de novembro.

der após sua fuga do exílio na ilha de Elba.[13] Não à toa, no fim de 2012, Autun recebeu o título de "Cidade Imperial".

Um dos principais ministros de Napoleão, e um dos principais atores do consulado na época do império, tem seu nome associado a Autun. Trata-se de Charles-Maurice de Talleyrand-Périgord, nascido em Paris em 1754, ordenado sacerdote em 1779, nomeado bispo de Autun em 2 de novembro de 1788 e consagrado em 4 de janeiro de 1789, além de ter sido representante do arcebispo de Lyon e presidente dos estados da Borgonha. Morreu em 1838, depois de ter desempenhado um importante papel no Congresso de Viena e participado da Restauração Francesa, período histórico entre a queda de Napoleão Bonaparte em 1814 e a revolução de julho de 1830.[14]

Em Autun, é possível encontrar ainda um exemplar da *Description de l'Égypte*, de Edme François Jomard, notável enciclopédia que remonta à expedição do exército francês ao Egito de 1798 a 1801, preservada na Biblioteca Comunitária. Já dentre as obras mais famosas expostas no Museu Rolin,[15] destacam-se: *A tentação de Eva*, um baixo-relevo de Gislebertur, *A natividade do cardeal Rolin* (apresentada no segundo capítulo), pintura de Mestre de Moulins, e *A Virgem e o menino Jesus*, escultura atribuída à comitiva de Claus de Werve.

---

13. AUTUM: Ville Imperiale. Publicação em francês de folder e medalha comemorativa do município de Autun, lançada no fim de 2012.
14. Ibidem.
15. MAURICE, B.; LOOSE, H. N. *Musée Rolin: guide du visiteur*. Autun: Ministère de Culture; D.R.A.C de Bourgogne; Daniel Briand, s/d.

Introduzido nas coleções da Société Éduenne des Lettres, Sciences et Arts em 1935, o destaque de *A tentação de Eva* é tanto que a obra provavelmente ocupava a entrada lateral da catedral de Saint-Lazare, no centro da verga sobre o portal, entre as figuras de Adão, à esquerda, e da serpente tentadora, à direita. A posição reclinada de Eva, vista de frente e de perfil, é incomum na escultura romana, mas foi a escolhida por Gislebertus para ser exposta no corredor direito da catedral. Lá, ela figura na capela de São Vicente, protegida por duas águias. De modo perspicaz, o escultor soube tirar proveito da altura modesta da peça arquitetônica e dar um aspecto monumental à figura de Eva. O aspecto sinuoso de seu corpo é reforçado pelos troncos de árvores retorcidos e pelas mechas de cabelos suavemente ondulados. Com uma peça no fundo e o baixo-relevo, o artista reforça a ideia da terceira dimensão, posicionando as árvores à frente e atrás do corpo nu. O tratamento decorativo e extravagante das árvores é abandonado em favor da grande sobriedade e do simples jogo de volumes. Eva nos oferece um rosto fascinante, com um olhar perdido em devaneios doces, o que desculpa seu gesto fatal.[16]

Preservada na igreja colegiada de Notre-Dame du Châtel até a Revolução Francesa (1789-1799), *A Virgem e o menino Jesus* foi cedida a Jacques-Gabriel Bulliot antes de

---

16. PASQUET, A.; VERPIOT, I.; LABAUNE, Y., op. cit.

passar para as coleções da Société Éduenne, da qual Bulliot foi presidente entre 1861 a 1902. A fama dessa estátua reside, sem dúvida, na ternura materna que ela expressa: a Virgem Maria abandonou o símbolo do menino Jesus para conter apenas um bebê recém-nascido nos braços.

O Museu Rolin está organizado em quatro departamentos: arqueologia gálico-romana, coleções medievais, artes plásticas e história local. Uma abundante coleção de esculturas do século XV, parte do mecenato dos Rolins, marca o fim do período gótico, com obras atribuídas aos maiores mestres da Borgonha ou a suas oficinas, como o já citado Claus de Werve, Jean de la Huerta e Antoine le Moiturier.

A tentação de Eva, Gislebertus, primeira metade do século XII, Museu Rolin.[17]

---

17. MAURICE, B.; & LOOSE, H. N., op. cit.

À esquerda, *Cristo e José de Arimateia* em fragmento de mural pintado sobre tela na capela de São Vicente, catedral de Saint-Lazare. Autor desconhecido. Museu Rolin. Foto: H. N. Loose.[18]

À direita, *Comitiva de Claus de Werve*, século XV. Museu Rolin. Foto: S. Prost.[19]

A coleção de pinturas francesas, nórdicas e italianas oferece obras de qualidade (de artistas como Le Nain, Bourdon, Teniers, Falcone, Natoire e Bertin) e é agradavelmente enriquecida pelas coleções românticas e realistas do século XIX (com Cibot, Deveria, Guignet, Brascassat etc.) e por

---

18. MAURICE-CHABARD, B. Les Embellissements de la cathédrale Saint-Lazare. In: Le faste des Rolin: au temps des ducs de Bourgogne. *Dossier de L'Art*, n. 49, p. 34-45, jul. 1998.
19. MAURICE-CHABARD, B. La Collégiale Notre-Dame-Du-Châtel. Ibid., p. 24-29, jul. 1998.

obras do pós-impressionismo (de Louis Charlot e De Martenne). Móveis e outras obras de arte (um armário alto de Hugues Sambin, por exemplo, peça parisiense de ébano do século XVII) dão um toque animado ao museu. E uma coleção excepcional de pequenas pinturas de Maurice Denis abre caminho para artistas contemporâneos (Desvallières, Souverbie, C. Lacoste, J. Lasne, entre outros).[20]

Seu enriquecimento permanente com aquisições, doações, legados, descobertas arqueológicas etc., somado à qualidade das obras expostas, faz dele o segundo maior museu da Borgonha.

À esquerda, banner indicando a entrada do Museu Rolin.
Foto: Acervo pessoal. À direita, minha irmã Selda Mendonça Neves e eu na entrada do museu, em outubro de 2018.
Foto: Maria Lúcia Coêlho Mendonça.

---

20. MAURICE, B.; LOOSE, H. N. *Musée Rolin: guide du visiteur*. Autun: Ministère de Culture; D.R.A.C de Bourgogne; Daniel Briand, s/d.

CAPÍTULO 2

Genealogia de Nicolas Rolin

O sobrenome Rolim teve origem na antiga Flandres, região que hoje pertence parcialmente à Bélgica e parcialmente à Holanda e é controlada por franceses e ingleses. É uma palavra anglo-francesa, etimologicamente ligada ao nome francês Rollin, que significa "rolante" (aquele ou aquilo que rola).[21] O primeiro Rolim famoso foi o chanceler Nicolas Rolin, homem de muitas posses. Como vimos, fundou no século XV, junto de sua esposa Guigone de Salins, o Hôtel-Dieu (ou Hospices de Beaune) na região da Borgonha para assistir as cidades de Beaune e Autun, um hospital público para atender aos pobres e desvalidos, aos vitimados da Guerra dos Cem Anos e aos doentes no auge da peste negra, que se deu entre 1346 e 1353.

---

21. FAMÍLIA Rolim: a origem. Disponível em: <http://rolimorigens.blogspot.com.br/p/a-historia.html>. Acesso em: 8 set. 2020.

O século XV foi um período conturbado na história da França, marcado por momentos dramáticos que dificilmente serão superados, com um cortejo de surpresas trágicas, violências e crimes, mas também com atos nobres e grandes feitos. No período que corresponde à vida de Nicolas Rolin (1376-1461), enormes reviravoltas ocorreram. Inicialmente, a França retrocedeu após o reinado reparador de Carlos V, o Sábio (1338-1380),[22] que governou a França durante dezesseis anos (1364-1380), passando por desastres da Guerra dos Cem Anos onze anos depois do auge da peste negra.

Era o filho mais velho de João II, o Bom (1319-1364). Enfrentou aos dezoito anos a prisão do pai na Inglaterra (1356-1360), além de enormes dificuldades durante seu reinado. Sob o trono seguinte, seu filho Carlos VI (1368-1422), um rei louco, teve um governo aviltado por um período de 42 anos. Tinha apenas doze anos quando sucedeu o pai, em 1380, e foi rei da França até a sua morte, em 1422. Até que completasse vinte anos, a regência era exercida por seus tios, os duques de Bourbon, de Anjou, de Berry e da Borgonha, todos eles engajados na luta pelo poder.[23] Nesse período, João sem Medo, duque da Borgonha, encomendou o assassinato do duque de Orléans, primo de Carlos VI, e foi assassinado posteriormente.

---

22. VOLKMANN, J. C. *The Family Trees of the Kings of France*. Paris: Jean-Paul Gisserot, 2002.
23. PERIER, A. *Un Chancelier au XVe siècle: Nicolas Rolin, 1380-1461*. Paris: Plon-Nourrit et Cie., 1904.

Os Orléans faziam parte de uma família nobre da França, uma das mais importantes desse país e da parte central da Europa (o que se manteve até o fim do século XIX), sendo o duque de Orléans tradicionalmente um parente bem próximo do rei francês. Seu assassinato, em 23 de novembro de 1407, e o assassinato de João sem Medo deram início a uma guerra civil envolvendo dois partidos, os Armagnacs e os Borguinhões, ensanguentando Paris.

Desde 1393, quando Carlos VI enlouquecera, a França era governada por um conselho de regência presidido pela rainha Isabel. Com a guerra civil, a França encontrava-se enfraquecida, e a Inglaterra viu nisso uma oportunidade de ofensiva: em 25 de outubro de 1415, dia de São Crispim, uma batalha decisiva ocorrida na Guerra dos Cem Anos resultou em uma das maiores vitórias inglesas durante a guerra. O local onde a luta aconteceu foi perto de Artois, cerca de quarenta quilômetros ao sul de Calais, no norte da França. A vitória de Henrique V da Inglaterra contra um exército francês numericamente superior foi um golpe duro e marcou um período sombrio para o país. Era quase o fim da França: o rei inglês se coroou rei da França em Notre Dame de Paris, assinando o Tratado de Azincourt.[24]

Finalmente, chegou o despertar: Joana d'Arc; uma série de vitórias por parte da França; a coroação do rei Carlos VII na catedral de Reims; a pátria francesa quase restaurada; o novo duque de Borgonha, Filipe, mais poderoso

---

24. Ibidem.

que o rei da França, árbitro entre as duas nações (França e Inglaterra) divididas pela luta centenária, vendendo caro aos ingleses sua assinatura no Tratado de Arras, sua adesão definitiva à aliança francesa e à paz.

Esse tratado, acordo firmado entre a França, o ducado da Borgonha e a Inglaterra em 1435, na cidade francesa de Arras, no fim da Guerra dos Cem Anos, representou enormes fracassos para os ingleses e grandes vitórias para a França.

E foi em 1372, pouco antes de Carlos VI assumir o trono, que Jean Rolin, senhor de La Motte-Beauchamp em Autun, Borgonha, falecido em 1391, e Aimée Jugnot, senhora de Bondue, se casaram.

O filho mais velho do casal, também de nome Jean Rolin, tornou-se conselheiro e mestre de pedidos do duque da Borgonha, falecendo em 1414.[25]

Já o segundo filho, Nicolas Rolin, nasceu em Autun, em 1376, em uma mansão na *rue des Bancs*, próxima à igreja Notre-Dame, onde foi batizado. Entretanto, os livros mais antigos consideram sua data de nascimento como 1380. Na Idade Média, a mansão chamava-se *Palatium Rolinorum*; depois passou a ser conhecida como Hotel de Beauchamp, e assim foi até 1793. Lá hoje existe uma placa onde está escrito: "Antigo Hotel de Beauchamp, residência de Nicolas Rolin, chanceler da Borgonha que morreu

---

25. RICHARD, J. Le Chancelier Rolin: sa carrière et sa fortune. In: Le faste des Rolin: au temps des ducs de Bourgogne. *Dossier de L'Art*, n. 49, p. 4-9, jul. 1998.

no ano MCCCCLXI [1461]".[26] É atualmente a sede do Museu Rolin.

Foi também em Autun que Rolin concluiu seus primeiros e brilhantes estudos. Não há cidade na província, nem mesmo no reino, que possa se orgulhar tanto quanto Autun de ter escolas tão antigas e famosas. E Rolin foi um dos estudantes gloriosos da faculdade que os bispos mantinham nos prédios onde hoje fica o pequeno seminário da cidade. Rolin, desejando ampliar em sua cidade natal o círculo de uma educação muito limitada, fez abrir por intermédio de Felipe, o Bom, escolas públicas que se tornaram um importante centro de estudos literários e científicos na Borgonha, onde numerosos alunos ilustres estudaram.

Quando seus estudos terminaram, Nicolas deixou a casa paterna e foi a Dijon completar sua formação intelectual e tentar orientar seu futuro. Lá, estudou direito civil e canônico, aproveitando-se de sua incrível facilidade para a arte da oratória. Fez do direito um estudo também aprofundado, mesmo em função de sua jovem idade, e decidiu ser membro da ordem dos advogados. Mas, para um homem ambicioso como Rolin, havia apenas um local em que poderia brilhar: o Parlamento de Paris.[27]

Em 1389, casou-se com Marie le Mairet, falecida pouco tempo depois. Viúvo, começou a se entrosar com uma família da aristocracia financeira e, em 1405, casou-se com

---

26. PERIER, A., op. cit.
27. Ibidem.

Marie de Landes, sua prima em segundo grau, falecida provavelmente em 1421.[28] Marie era filha de um general importante da área financeira e neta de um cambista do tesouro real. Tiveram três filhos, de acordo com informações atuais, mas fontes mais antigas citam que Nicolas teve mais três filhos posteriormente com uma dama de nome Alix, além de cinco bastardos.[29]

O primeiro foi Jean Rolin, batizado com o mesmo nome do avô e do tio, nascido em 1408. Destinado bem cedo à vida eclesiástica, para a qual não tinha nenhuma das virtudes, já era, aos 22 anos de idade, cônego e arquidiácono de Autun. Provido de alta inteligência, magnífico como o pai, ávido como ele por aumentar sua fortuna e sua situação financeira, foi sucessivamente doutor em direito canônico e civil, prior da cidade de Saint-Marcel, conselheiro do duque e, por fim, bispo de Châlon-sur-Saône em 1431.[30]

Tornou-se bispo de Autun em 1436 e, em 1448, foi ordenado cardeal pelo Papa Nicolau V como parte do engajamento diplomático entre o ducado da Borgonha e o papado. Como o pai, ficou famoso por seu gosto pelas artes, convocando e trabalhando com os artistas mais renomados de sua época. Um magnífico prelado, Jean ficou mais lembrado pela sua patronagem do que pela personalidade menos admirável.

---

28. FRANÇOIS, B. *The Hospices de Beaune: Dates, Facts and Figures*. Paris: Jean-Paul Gisserot, 2012.
29. BIGARNE, C. *Étude historique sur le chancelier Rolin et sur sa famille*. Beaune: Lambeur, 1860.
30. Ibidem.

Exerceu uma administração notável depois que, durante uma terrível tempestade, a torre do sino da catedral de Notre-Dame de Châtel foi atingida por um raio e a estrutura de madeira pegou fogo. Os danos foram tremendos, e a torre caiu sobre o coro da catedral. Jean Rolin ordenou imediatamente sua reconstrução, e a catedral foi reformada, passando a ostentar uma nova torre encimada por um pontal com uma rica decoração em madeira e uma galeria delicadamente trabalhada para a proteção do órgão da igreja. No local onde ficava o altar-mor, janelas imponentes em estilo gótico substituíram o estilo romântico da abóbada anterior. Provavelmente ao redor do ano 1480, o artista Jean Hey, conhecido como o "Mestre de Moulins", completou uma pintura para Jean Rolin, a famosa *A natividade do cardeal Rolin*, destinada a adornar a capela da Virgem na catedral, onde o filho mais velho de Nicolas escolhera ser enterrado.[31]

Vitimado por uma terrível e desconhecida enfermidade, que o fazia vomitar fezes com frequência, viu seu fim se aproximar rapidamente. Teve tempo ainda de fazer seu testamento, doando dois terços de seus bens à Igreja e um terço à sua família. Faleceu aos 75 anos, em 1º de julho de 1483. Seu corpo, de acordo com seu desejo, foi transportado para Autun para ser enterrado no coro da catedral, em um túmulo de mármore branco.[32]

---

31. BERTIN, D. *Autun: Dates, Facts and Figures*. Paris: Jean-Paul Gisserot, 2015.
32. BIGARNE, C., op. cit.

O segundo filho de Nicolas foi Guillaume Rolin (1411--1490),[33] que ocupou importantes cargos: senhor de Beauchamp; grande oficial de justiça de Autun; governador de Artois e gentil-homem da Câmara Real do rei Luís XI (1423-1483), o filho mais velho do rei da França Carlos VII, o Vitorioso (1403-1461), e de Maria de Anjou. Sempre em luta contra o reinado do pai, em 1456, Luís XI foi forçado a procurar refúgio na corte do duque da Borgonha, mas, depois da morte de Carlos VII, deu seguimento à reconstrução territorial da França, a principal conquista de seu reinado, lutando contra os últimos grandes nobres, em particular o duque da Borgonha.

Por fim, o caçula foi Antoine Rolin (1420-1497), senhor de Aymeries, marechal hereditário e grande venerável de Haianut e gentil-homem da Câmara Real de Carlos, o Temerário.

Voltando a Nicolas, em 1401, Rolin foi eleito conselheiro no Parlamento Ducal de Beaune e, sete anos depois, foi nomeado advogado do duque da Borgonha por João sem Medo, no Parlamento de Paris. É nessa cidade que sua esposa, Marie de Landes, deu à luz Jean, batizado em Paris e tendo o duque como padrinho.

Entretanto, João sem Medo é assassinado em 10 de setembro de 1419, durante uma entrevista com o futuro rei Charles VII, na ponte de Montereau. Esse crime foi um dos motivos que levou a França à beira do abismo,

---

33. RICHARD, J., op. cit.

provocando quinze anos de lutas e desastres, e é admitido por alguns historiadores como uma das principais causas da fortuna de Nicolas Rolin.[34]

Depois do assassinato de João sem Medo, Nicolas conquistou a confiança do novo duque da Borgonha, Filipe, o Bom, comandante de Flandres e de Artois[35]. Como cidadão de Autun e representante do duque da Borgonha no Parlamento de Paris, foi nomeado chanceler (chefe do governo) por Filipe em 1422. Ele ocuparia essa posição por quarenta anos, vigiando atentamente os interesses do duque e os próprios,[36] acumulando uma grande fortuna[37] e tendo influência em importantes decisões, como sobre o Tratado de Arras, que pôs fim à Guerra dos Cem Anos e do qual foi mentor. Dedicou parte de sua riqueza à caridade e ao patrocínio artístico e permanece na Borgonha até hoje como uma de suas figuras mais emblemáticas.

O ano de 1423 é a data de suas terceiras núpcias, dessa vez com Guigone de Salins, mulher riquíssima, que na época contava com 20 anos de idade.

Guigone era filha de Étienne de Salins, senhor de Poupet, e Louise de Rye, senhora de Ougney. O castelo de sua família tinha vista para a cidade de Salins, e seu brasão de armas consistia em uma torre de ouro sobre um fundo

---

34. PERIER, A., op. cit.
35. FRANÇOIS, B., op. cit.
36. BERTIN, D., op. cit.
37. GELFAND L. D.; GIBSON, W. S. The "Rolin Madonna" and the Late-Medieval Devotional Portrait. *Simiolus: Netherlands Quarterly for the History of Art*, v. 29, n. 3/4, p. 119-138, 2002.

azul (o dos Rolins consistia em três chaves douradas sobre fundo azul).[38]

Segundo Arsène Perier, Guigone de Salins teve três filhos com Nicolas Rolin: Louis, cavaleiro, senhor de Pruzilly, que abraçou a carreira de armas e foi morto na Batalha de Grandson; Louise, esposa de Jean, senhor de Châteauvilain, falecida em 16 de agosto de 1497; e Claudine, nascida em 1412, que recebeu do pai, como presente de casamento, a terra de Virieu-le-Grand, que o chanceler possuía no feudo do duque de Saboia.[39] Essas primeiras núpcias se deram em 5 de novembro de 1447, com Jacques de Montbel, cavaleiro, conde de Entremonts-le-Vieux e Montbel, conselheiro e camareiro do filho primogênito do rei da França e do duque de Saboia. Seu segundo casamento foi com Antoine de la Palud. Claudine sobreviveu aos dois maridos e morreu sem filhos em Bourg-em-Bresse, em maio de 1512, com cem anos de idade.[40]

Como os duques da Borgonha, Nicolas Rolin adotou um lema cortês que prestava homenagem à sua esposa. Compreendia as palavras *"seule étoile"* (única estrela) e tinha a forma da palavra *"seule"* seguida de uma estrela de seis pontas. Para Rolin, Guigone era sua única estrela no firmamento. E essa não foi a única declaração que fez à esposa: durante a construção dos Hospices de Beaune, símbolo da cidade francesa de Beaune, ele ordenou que o revestimento

---

38. FRANÇOIS, B., op. cit.
39. PERIER, A., op. cit.
40. BIGARNE, C., op. cit.

do piso fosse formado por quadrados dispostos lado a lado. Cada um deveria trazer, em letras góticas, as iniciais dos primeiros nomes dele e de Guigone, a estrela e a palavra "*seule*", enfatizando seu amor pela esposa.[41]

A natividade do cardeal Rolin, Mestre de Moulins, século XV, Museu Rolin.[42]

Os anos de 1424 a 1426 foram muito benéficos para a família Rolin. Em 1424, Nicolas foi nomeado cavaleiro por Filipe, o Bom. Guigone de Salins foi nomeada dama

---

41. FRANÇOIS, B., op. cit.
42. LORENTZ, P. La Nativité du cardinal Rolin. In: Le faste des Rolin: au temps des ducs de Bourgogne. *Dossier de L'Art*, n. 49, p. 46-49, jul. 1998.

de companhia da duquesa da Borgonha no ano seguinte. A partir de 1426, Rolin tornou-se chefe de justiça, chefe das finanças ducal e detentor do grande selo usado em todos os documentos para autenticar sua origem ducal. Ele manteve essa posição até sua morte, em 18 de janeiro de 1461, aos 86 anos, em sua cidade natal, na mansão que hoje abriga o Museu Rolin.

Entretanto, durante uma visita a Beaune nesse mesmo ano, o rei Luís XI (1423-1483)[43] criticou o fundador do hospital, dizendo: "É justo que quem trouxe pobreza a tantos durante sua vida construa para eles um refúgio para morrer?".[44] Após a morte de Nicolas, o conselho dos Hospices se recusou a reconhecer a autoridade de Guigone, de modo que foi o cardeal Jean Rolin, filho da segunda esposa de Nicolas, quem sucedeu o pai como chefe provisório do hospital. A viúva levou o assunto ao Parlamento, em Paris, mas somente depois de seis anos, em 1468, uma decisão foi proferida, confirmando seu direito em gerenciar a instituição. Guigone assumiu oficialmente a administração do hospital em 21 de julho de 1469. Após sua posse, confirmou a posição de todos os funcionários, reconhecendo o zelo com que desempenhavam suas funções, e exigiu que prestassem juramento de obediência à sua pessoa diante de testemunhas presentes.

Em 24 de dezembro de 1470, Guigone de Salins morreu no Hôtel-Dieu. A seu pedido, foi enterrada na capela em

---

43. VOLKMANN, J. C., op. cit.
44. FRANÇOIS, B., op. cit.

frente ao altar-mor, em uma tumba sob uma grande laje de cobre. Mal sabia a viúva que seria representada nessa laje como uma erva daninha, ao lado de um Nicolas Rolin vestido de cavaleiro.[45] O chanceler havia sido enterrado na igreja colegiada de Autun, onde fizera os preparativos para o enterro da esposa. No ano seguinte, Antoine Rolin, o filho mais novo do casal, tornou-se governador temporário dos Hospices.

---

45. Ibidem.

CAPÍTULO 3

A Madona do chanceler Rolin

Nicolas Rolin ficou imortalizado por um quadro que encomendou de Jan van Eyck em 1430 e foi concluído aproximadamente em 1435, intitulado *A Virgem do chanceler Rolin*, conhecido também como *A Madona do chanceler Rolin*. O próprio Nicolas foi retratado nessa pintura ao lado da Virgem Maria e do menino Jesus. Essa obra encontra-se em exposição permanente no Museu do Louvre, em Paris.[46]

Jan van Eyck foi um pintor flamengo nascido por volta de 1390 na cidade de Maas Eyck, próspera região dos Países Baixos, que hoje se localiza no sudeste da Holanda junto à fronteira com a Bélgica e a Alemanha. Faleceu em

---

46. MADONNA of Chancellor Rolin. Disponível em <https://en.wikipedia.org/wiki/Madonna_of_Chancellor_Rolin>. Acesso em: 8 set. 2020.

9 de julho de 1441, em Bruges, seu país natal. Fundou um estilo pictórico do estilo gótico tardio, influenciando o Renascimento nórdico, e é considerado um dos melhores e mais célebres artistas pelas suas inovações na arte do retrato e da paisagem. Caracterizava-se pelo naturalismo, imperando meticulosas, pormenores e vivas cores em suas obras, além de uma extrema precisão nas texturas, em busca por novas perspectivas, e as figuras humanas representadas como monumentos.[47]

A Virgem do chanceler Rolin, Jan van Eyck, c. 1435, Museu do Louvre. Fonte: The Yorck Project.

---

47. WIKIPÉDIA. *Jan van Eyck*. Disponível em: <https://pt.wikipedia.org/wiki/Jan_van_Eyck>. Acesso em: 19 jul. 2020.

A madeira ressequida em que concebia seus quadros era polida e dava à obra um brilho excepcional e um ligeiro efeito de profundidade. Foi o precursor da tinta a óleo com secagem rápida. O artista costumava conceder profundidade e diversas sombras a seus trabalhos, mesmo nas zonas onde mais incidia luz, fato que pode ser considerado uma iniciação ao realismo.

Em 1425, foi nomeado pintor da corte de Flandres pelo duque da Borgonha e participou de missões diplomáticas nomeado pelo duque, na Espanha, Portugal e Itália. Sua mais famosa obra, *A Virgem do chanceler Rolin* foi pintada entre 1430 e 1435 e também o imortalizou.

Atualmente no Louvre, *A Virgem do chanceler Rolin* permaneceu até a Revolução Francesa em Autun, na igreja de Notre-Dame du Châtel. Devemos a primeira menção conhecida à pintura a um autor anônimo, uma descrição desse quadro em 1748 de acordo com as anotações feitas durante uma estadia em Autun vários anos antes, em 1705:

> Existe na sacristia dos cânones de Notre-Dame du Châtel uma pintura digna de nota. [...] É uma obra do famoso Jean de Bruges [...], que representa em um canto a Santa Virgem sentada em um trono, segurando o menino Jesus, e acima um anjo que segura uma coroa acima da Virgem Santa, e do outro lado vemos o chan-

celer Rolin ajoelhado em um oratório, vestido
com um manto de tecido dourado [...].[48]

Na pintura de Jan van Eyck, que mede 66 cm x 60 cm, existem ao redor de quatro personagens centenas de detalhes. A Virgem Maria está sentada em uma almofada azul bordada em ouro colocada sobre um baú de madeira entalhada. Ela veste um manto de cor púrpura debruado com letras douradas. É uma mulher bem jovem com o olhar aparentando estar voltado para baixo. Um pequeno anjo eleva uma coroa de ouro cravejada de pedras e pérolas acima da cabeça de Maria. Ele veste uma roupa azul e tem um par de asas matizadas. O menino Jesus está despido. Sua expressão tem a serenidade de um adulto. Na mão esquerda, carrega um globo de cristal com uma cruz ornada com pedras preciosas. Com a mão direita, abençoa o homem sentado em frente a Maria, que tem as mãos unidas em um gesto em forma de oração e está coberto por uma capa azul esmaltado. Sua cabeça apresenta um corte de cabelo eclesiástico à moda do início do século XV, com as têmporas e a nuca raspada. Três arcos separam a galeria de estilo romano do exterior, onde se veem, mais ao fundo, dois vigias vestidos à moda da época de 1430. Um deles está debruçado na abertura de uma murada, e o outro, visto de perfil, segura um bastão. Sobre as colunas

---

48. LORENTZ, P. La Vierge du chancelier Rolin par Jan van Eyck. In: Le faste des Rolin: au temps des ducs de Bourgogne. *Dossier de L'Art*, n. 49, p. 30-33, jul. 1998.

da galeria, os capitéis trazem motivos que lembram os romanos do século XII e exibem cenas do Antigo Testamento.[49] Existem ainda inúmeros detalhes que poderiam ser citados em relação a essa bela pintura.

Vários indícios comprovam que esse homem representado na pintura de Jan van Eyck trata-se de Nicolas Rolin. A semelhança de seus traços com os do fundador do Hôtel-Dieu de Beaune, representado também em uma famosa pintura intitulada *O Juízo Final*, pintada entre 1443 e 1450 por Rogier van der Weyden, onde Rolin é identificado por seu brasão de armas, não deixa margem a dúvidas. Além disso, a semelhança ficou evidente logo que foi possível comparar as duas pinturas: em 1862, no Louvre, ocorreu um confronto entre o painel de van Eyck e uma reprodução fiel da pintura de Rolin em Beaune, presente em uma monografia de Charles Bigarne sobre o chanceler e sua família publicada em 1860. Entretanto, os constantes esforços empreendidos pelos eruditos, mesmo depois do século XIX, para demonstrar que o modelo de Jan van Eyck era de fato Nicolas Rolin não conseguiram excluir completamente a dúvida sobre a verdadeira identidade do personagem. Para alguns autores, o suntuoso vestido de brocado de ouro, uma roupa que era reservada a nobres e príncipes de alto escalão, não corresponderia ao status

---

49. FORZA. *Milagre na Loggia – Paletas*. Vídeo publicado em 27 de outubro de 2011. Disponível em: <www.youtube.com/watch?v=uZMrjVzbB-I>. Acesso em: 20 mar. 2020.

social do chanceler Rolin, um burguês enobrecido havia pouco tempo. Essa autoridade seria, portanto, uma personagem de altíssima patente, como João III da Baviera, bispo eleito de Liège entre 1390 e 1418, ou mesmo o duque da Borgonha João sem Medo, pai de Filipe, o Bom. Mas essas propostas também não resistem às críticas: nem João III da Baviera nem João sem Medo têm as características do personagem pintado por Jan van Eyck. Por outro lado, Nicolas Rolin estava vestido com um casaco de pano dourado e seda forrado de pele no dia em que o duque Filipe, o Bom, nomeou-o cavaleiro em 1424.[50]

A antiga localização da pintura na igreja de Notre-Dame du Châtel, em Autun, também corrobora a tese de que é Nicolas Rolin o homem retratado por Van Eyck, afinal, Notre-Dame era sua igreja paroquial, onde seus antepassados foram enterrados e onde ele foi batizado, e para a qual doou uma anuidade de quarenta libras em 1426 e de sessenta libras em 1428 para a manutenção de um ou dois capelães. Naquela época, ele planejava construir uma capela no lado sul da igreja. Esse oratório, colocado sob os nomes de são Sebastião, santo Antônio e Virgem Maria, foi concluído em 1430. Jan van Eyck, falecido em 1441, deveria obviamente estar ligado à construção da capela de São Sebastião, pois seu quadro era sem dúvida o ornamento mais bonito.

---

50. BIGARNE, C. *Étude historique sur le chancelier Rolin et sur sa famille*. Beaune: Lambeur, 1860.

Sabemos que os fiéis assistiam à missa e faziam suas orações na capela de São Sebastião. Em 1432, o cardeal Niccolò Albergati, interlocutor privilegiado de Rolin durante as negociações de paz entre Filipe, o Bom, e Carlos VII, o rei da França (1431 e 1435), concedeu cem dias de indulgência àqueles que comparecessem à capela durante certos festivais (incentivo para que chegassem em maior número).[51] Não seria de surpreender que Rolin, tão próximo de Filipe, o Bom, tenha se voltado para Jan van Eyck, camareiro e pintor do duque da Borgonha, para solicitar a criação de uma pintura que pudesse ser vista pela população e que seria particularmente próxima de seu coração, uma das obras mais fascinantes realizadas no fim da Idade Média.

A Virgem do chanceler Rolin há muito tempo atrai grande interesse, não apenas por seu realismo fascinante e cor brilhante, mas também pela possível temeridade do chanceler em se mostrar representado tão proeminente diante da Virgem e do menino Jesus. Um contemporâneo, Jacques du Clerque, disse que Nicolas Rolin era "considerado um dos homens mais sábios do reino, por falar em termos terrenos; com respeito ao espiritual, ficarei em silêncio [...]".[52] O cronista da Borgonha Georges Chastellain comentou

---

51. LORENTZ, P. La Vierge du chancelier Rolin par Jan van Eyck, op. cit.
52. GELFAND L. D.; GIBSON, W. S. The "Rolin Madonna" and the Late-Medieval Devotional Portrait". *Simiolus: Netherlands Quarterly for the History of Art*, v. 29, n. 3/4, p. 119-138, 2002.

que "Rolin sempre colheu na terra como se a terra fosse sua morada para sempre [...]".[53]

A impressão que nos dá é que a intenção da obra era melhorar a reputação do chanceler, porém foi descoberto que ele originalmente colocara no cinto uma bolsa decorada e repleta de ouro, que van Eyck omitiu na pintura final. Muitos historiadores supõem ainda que o comportamento piedoso de Rolin no quadro, seu livro de orações e sua audiência com a rainha do céu e o menino Jesus representam pouco mais do que um esforço elaborado de autopromoção, destinado a combater a reputação negativa que ele adquirira na corte. Mas são apenas especulações.

---

53. Ibidem.

CAPÍTULO 4

Construção dos Hospices de Beaune

"*Hôtel-Dieu*", ou "hotel de Deus", era um termo genérico usado desde o fim da Idade Média para indicar o principal hospital de muitas cidades. Originalmente, era difícil distingui-los de hospícios e hospitais. Parece, no entanto, que se desejava diferenciar os estabelecimentos de caridade fundados e controlados pelos bispos, representantes por excelência da Igreja, dos conventos ou dos voltados para os leigos. O "Hôtel Dieu", localizado perto da catedral e administrado pelo capítulo, ficava normalmente em uma cidade. No caso do Hôtel-Dieu fundado por Nicolas Rolin e Guigone de Salins, a cidade era Beaune.

Os Hospices de Beaune foram inaugurados em 31 de dezembro de 1451, em uma época em que a Borgonha era uma região afetada pela pobreza e pela fome. É verdade que houve um grande desenvolvimento na Guerra dos Cem Anos, na forma do Tratado de Arras, em 1435, que pôs fim à aliança entre a Inglaterra e a Borgonha, contra a Coroa francesa, expulsando as tropas inglesas do ducado e transferindo os combates para outras regiões. Essa paz não viu, no entanto, a Borgonha retornar à prosperidade. Havia muitos soldados que foram dispensados quando os combates terminaram e vagavam pelos campos, sobrevivendo de assaltos à mão armada e de trabalhos informais, dificultando que os agricultores trabalhassem em suas terras sem serem perturbados. A isso, somava-se a epidemia da peste negra. As taxas de mortalidade eram preocupantemente altas, e as figuras poderosas da região estavam inundadas de pedidos de assistência.[54]

Cartas apostólicas do papa Eugênio IV datadas de 6 de setembro de 1441 mostram que Nicolas Rolin considerava a possibilidade da construção de um hospital em Autun ou Beaune.[55] No ano seguinte, ele seleciona Beaune, uma cidade maior e situada a uma distância de apenas cinquenta quilômetros de Autun, sua cidade natal, e a oitenta e sete quilômetros de Dijon, outra importante cidade medieval, hoje mundialmente conhecida por sua variedade de mostardas.

Com a cidade escolhida, Rolin inicia a compra de casas de comerciantes locais. A municipalidade oferece uma

---

54. FRANÇOIS, B. *The Hospices de Beaune: Dates, Facts and Figures*. Paris: Jean-Paul Gisserot, 2012.
55. De acordo com o censo da França, a população de Autun no ano de 2015 era de 13.635 habitantes, em fase decrescente. A população de Beaune, nesse mesmo ano, também em processo de decréscimo, era de 21.621 pessoas.

enorme área de terra, e os franciscanos lhe vendem mais um grande lote de terreno. Juntos, eles formam o local para o hospital, localizado perto do mercado ducal – de fato, o hospital é separado do mercado por uma única rua. A cidade também lhe dá permissão para cobrir todo o comprimento do rio Bouzaise, que flui por suas terras.[56]

Mapa da Região da Borgonha, França.
Fonte: autor.

Foi mais ou menos nestes termos, originalmente escritos em latim, que Nicolas deu origem ao Hôtel-Dieu,

---

56. FRANÇOIS, B., op. cit.

construído em homenagem a Deus, a Virgem Maria e a santo Antônio Abade:

> [...] Eu, Nicolas Rolin, cavaleiro, cidadão de Autun, senhor de Authume e chanceler da Borgonha, neste domingo, 4 de agosto do ano de nosso Senhor 1443, desconsiderando todas as preocupações humanas e no interesse de minha salvação, desejando, por um comércio afortunado, trocar por bens celestes os bens mundanos que devo à bondade divina, tornando assim o perecível eterno, em virtude da autorização da Santa Sé, em reconhecimento dos bens que o Senhor, fonte de toda bondade, me concedeu, a partir deste dia em diante e para sempre mais, encontrei e dotei irrevogavelmente um hospital para os necessitados na cidade de Beaune [...] ergo este hospital com minha própria riqueza nas terras que adquiri perto do edifício do senhorio duque, o pomar dos clérigos de Saint-François e do rio Bouzaise [...].[57]

Em um domingo, perante uma multidão de habitantes da cidade e dos arredores, na praça em frente à igreja colegiada de Notre-Dame du Châtel, Nicolas Rolin lançou

---

57. MÉNAGER, P. To the Poor, Eternally. In: *Destination... Beaune*: The Essential Guide. Beaune: Escargot Savant, 2014.

solenemente a pedra fundamental de seu hospital para a "acomodação, uso e residência de pessoas doentes".[58]

O chanceler possuía cartas patentes recebidas em 24 de agosto de 1477 do duque da Borgonha que garantiam que o hospital fosse isento de toda servidão feudal e cartas apostólicas da Santa Sé para liberá-lo de quaisquer taxas e da jurisdição do bispado de Autun e dos capítulos de Autun e Beaune. Ao fazer isso, ele seguia o mesmo modelo de concessões e doações como as cedidas pelas autoridades apostólicas ao Hospital do Espírito Santo em Besançon, também na França.

Ele pessoalmente doou uma anuidade perpétua de mil libras ao seu hospital, proveniente da arrecadação das grandes salinas em Salins, compradas em 1436. A ideia dessa anuidade perpétua era garantir ao hospital uma relativa independência financeira, de modo que "a compaixão possa ser demonstrada mais completamente",[59] objetivo principal das instituições de caridade. A Nicolas Rolin, isso garantiria que, no Juízo Final – quando, segundo os Evangelhos, as ações boas e más são pesadas nas balanças de são Miguel Arcanjo –, ele fosse recompensado por sua bondade.

Nesse primeiro ano, as mil libras foram usadas para distribuição diária de pão branco "para os pobres de Cristo que vêm aqui em busca de esmolas"[60] e para a construção do hospital e da capela, que, esperava o chanceler, levaria de quatro a cinco anos para ser concluída.

---

58. FRANÇOIS, B., op cit.
59. Ibidem.
60. Ibidem.

O projeto do hospital contém uma descrição muito precisa do layout geral do edifício. No Salão dos Pobres, existem trinta camas, "quinze de um lado do referido edifício e quinze do outro".[61] Há um projeto para uma enfermaria separada com quartos e camas para os doentes e os membros da enfermagem. Ao contrário do ponto de vista usual de um hospital medieval, aonde as pessoas iam para morrer, Rolin via seu hotel de Deus como um local de cura. É por isso que ele organizou um grupo de "mulheres dedicadas e de boa reputação, em número suficiente para poder cuidar dos pobres de maneira adequada".[62] O chanceler também nomeou uma mulher como responsável pela administração do hospital, a quem caberia fornecer anualmente um relatório para ele. Logo após a fundação da instituição de caridade, o trabalho começou no edifício principal.[63]

Três anos depois, no dia 9 de outubro de 1446, Rolin assinou um contrato para a construção das vigas do prédio com vista para a rua, trabalho que seria executado por quatro carpinteiros de Beaune, incluindo um profissional especializado em construção naval, Guillaume la Ratte. A madeira para as vigas chegou no ano seguinte, vinda das florestas do ducado, em especial das florestas altas de Argilly. De julho a novembro de 1447, o rio Bouzaise foi desviado para formar um canal que correria sob as futuras cozinhas e a ala de São Nicolau, em preparação

---
61. Ibidem.
62. Ibidem.
63. Ibidem.

para a construção iminente do grande edifício ocidental. Ainda em novembro, 10 mil ardósias (um tipo de rocha cinza-escura que pode ser facilmente dividida em finas partes, sendo usada para revestir telhados) foram compradas de comerciantes em Châtenoy-le-Royal, perto de Chalon-sur-Saône, para cobrir o prédio com vista para a rua. Em dezembro, um mestre de Mézières-sur-Meuse chamado Baudechon Courtois recebeu cinquenta libras para concluir os tetos. As vigas ainda não estavam no local, mas Rolin queria garantir que o trabalho fosse realizado por esse especialista em assentar telhados com ardósia. Em janeiro de 1448, as paredes do prédio de pedras lavradas, com vista para a rua, foram concluídas, e o edifício enfim estava pronto para o assentamento das vigas.[64]

Em março, foi assinado um contrato com Denisot Jeot, de Aubigny-en-Plaine, para a fabricação dos pisos. O escultor Jehannin Fouquerel fez os moldes, copiando os azulejos da mansão do chanceler em Dijon. Em apenas um ano, foram entregues 6 mil azulejos de barro, além de 50 mil azulejos com mistura de chumbo decorados com as iniciais "N" e "G", ligadas por um galho de carvalho e cercadas pelo lema "*seule étoile*". Em abril, os carpinteiros instalaram o enquadramento central projetado para apoiar os arcos que suportariam o teto sobre o rio para posteriormente desmontá-los no verão após sua conclusão. Em agosto, as

---

64. JUGIE, P. La Construction de l'Hôtel-Dieu. In: Le faste des Rolin: au temps des ducs de Bourgogne. *Dossier de L'Art*, n. 49, p. 52-61, jul. 1998.

vigas foram instaladas na construção principal em frente à rua, usando os blocos e os equipamentos especificados no projeto. Na sequência, foram construídos o telhado de ardósia e os painéis nos arcos e nos pilares padronizados com nervuras na câmara principal. Enquanto isso, escultores e pintores trabalhavam nos detalhes decorativos.[65]

Entre 1443 e 1451, Nicolas Rolin comprou numerosas obras de arte para melhorar sua "obra de compaixão", e, em 1448, a primeira diretora da instituição, Alardine Ghasquière, deu início ao trabalho com os pobres. Três anos depois, em 31 de dezembro de 1451, após oito anos de obras envolvendo os melhores mestres artesãos da área, os Hospices de Beaune e a capela foram finalmente inaugurados e consagrados por Jean Rolin, bispo de Autun, que não era outro senão o filho do chanceler. O primeiro paciente foi recebido no dia seguinte, 1º de janeiro de 1452, por seis irmãs do norte do ducado da Borgonha escolhidas por Guigone.

Ao fundar o hospital, Nicolas Rolin o havia dedicado a santo Antônio Abade. No entanto, a seu pedido, o papa Nicolau V mudou o patrono para são João Batista, para protegê-lo de possíveis reivindicações apresentadas pela Ordem Hospitalária de Santo Antônio em Viennois.

O ano de 1455 marcou a aquisição de um terreno para a abertura de um cemitério dentro da área dos Hospices de Beaune, próximo às muralhas da cidade.

---

65. FRANÇOIS, B., op. cit.

Enfim, em 1458, os trabalhos de construção do hospital foram finalmente concluídos.[66]

Entrada dos Hospices de Beaune, metade do século XIX.
Coleção da Biblioteca Pública de Dijon.[67]

---

66. Ibidem.
67. MÉNAGER, P., op. cit.

A foto a seguir mostra o Salle des Pauvres (Salão dos Pobres, ou enfermaria) do hospital executada pelo mestre especialista em embarcações Guillaume La Ratte. O teto reproduz o casco de uma embarcação. Podem-se observar quinze leitos de cada lado e, ao fundo, a capela.[68]

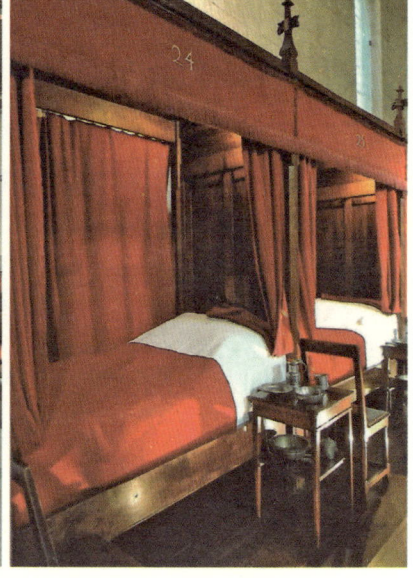

À esquerda, Salle des Pauvres dos Hospices de Beaune.
Foto: Philippe Ménager e Richard Siblas.[69]

À direita, cada cama do hospital tinha ao lado uma cadeira e uma mesa de cabeceira.
Foto: Philippe Ménager e Richard Siblas.[70]

---

68. Ibidem.
69. Ibidem.
70. Ibidem.

1. O lema de Nicolas Rolin em quatro elementos proveniente do piso do Hotel Rolin, em Dijon. Museu Arqueológico de Dijon. Foto de H. N. Loose.[71]

2. Theriaca – pote com mistura medicinal contendo ópio, mel, ervas e outras substâncias, usada como antídoto para mordida de cobra e outros tipos de envenenamento. Foto: Philippe Ménager e Richard Siblas.[72]

3. Pilão de bronze de seis quilos. Foto: Philippe Ménager e Richard Siblas.[73]

---

71. JUGIE, P., op. cit.
72. MÉNAGER, P., op. cit.
73. Ibidem.

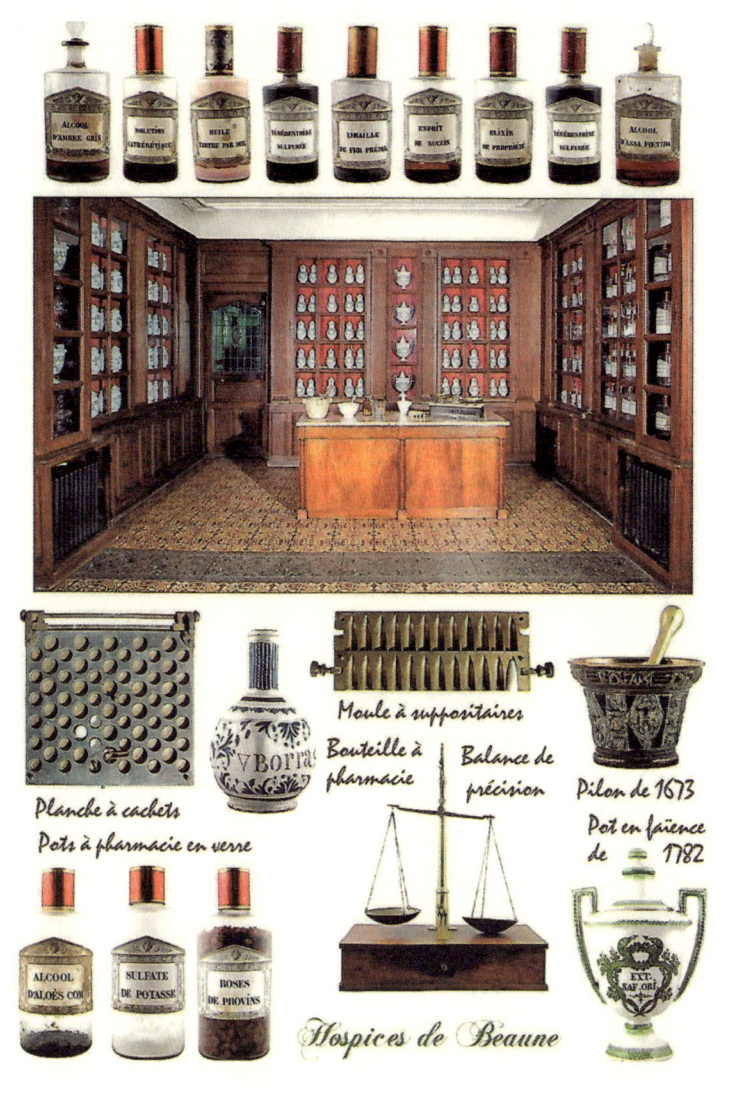

Farmácia dos Hospices de Beaune e alguns objetos e remédios que ela guardava, extraído de um cartão-postal com fotos de Didier Piquer.[74]

---

74. HOSPICES de Beaune. Disponível em: <www.hospices-de-beaune.com>. Acesso em: 20 jul. 2020.

CAPÍTULO 5

Pinturas, tapeçarias e mobiliário dos Hospices de Beaune

Nicolas Rolin e sua esposa Guigone de Salins foram muito escrupulosos ao garantir que seu estabelecimento fosse equipado com toda a mobília necessária para os enfermos e para as irmãs da enfermagem, porém também estavam preocupados com os cuidados espirituais e religiosos. Para este fim, eles compraram um mobiliário litúrgico que não deixava faltar nada, além de várias estátuas. Infelizmente, os cortes orçamentários e as profanações e saques, durante e após a Revolução Francesa, deixaram o Hôtel-Dieu com poucas peças originais.[75]

---

75. MÉNAGER, P. Treasures of the Hotel-Dieu. In: *Destination... Beaune*: The Essential Guide. Beaune: Escargot Savant, 2014, p. 46-62.

Mesmo assim, o hospital manteve uma rara coleção de tapeçarias, particularmente representativa do uso que essa categoria têxtil teve no último século da Idade Média como peça de mobiliário secular ou religiosa. Graças a um inventário de bens móveis e outros objetos pertencentes aos Hospices de Beaune elaborado em 1501, é possível aproximar-se dos detalhes da origem dessas peças, uma coleção de mais de cem tapeçarias que deixa em segundo plano. Por mais interessantes que os móveis e as obras de arte sagradas possam ser, eles ficam em segundo plano ao lado dessas tapeçarias, que além de luxuosas são eficazes contra o frio, feitas em material de alta qualidade, o que só foi possível graças à generosidade dos fundadores.

É provável que o altar frontal, que representa a anunciação em um fundo azul-celeste, bordado com fios de prata e seda em uma trama de veludo azul, tenha sido executado pela própria Guigone, quando, já viúva, dedicou-se totalmente ao estabelecimento que ajudou a fundar.[76]

As tapeçarias com rolas (tipo de pombo com penas marrons), produzidas em meados do século XV, foram usadas para decorar as paredes do Salle des Pauvres em dias de grande pompa, assim como as trinta camas da grande sala também estavam sempre cobertas de tecidos bordados a adorná-las nos dias de festa. Nessas tapeçarias, sobre um fundo carmesim, veem-se as rolas de tecido, o brasão de Guigone e Nicolas, suas iniciais entrelaçadas, uma estrela e o tão querido lema: "*Seule*".

---

76. Ibidem.

Outras tapeçarias datam do mesmo período dessas obras coloridas. Há, por exemplo, uma linda tapeçaria na qual santo Antônio aparece em meio à mesma decoração que acabamos de detalhar, mas em um esquema de cores diferente, com um altar frontal representando o cordeiro de Deus em um fundo coberto de torres e chaves, remetendo ao símbolo de armas do fundador.[77]

Parte de uma tapeçaria do Hôtel-Dieu, na qual se veem o brasão de Nicolas Rolin e o emblema que dedicou a Guigone de Salins. Fonte: Inventário Geral ADAGP. Foto: M. Rosso.[78]

Assim como essas tapeçarias que datam do nascimento dos Hospices de Beaune, há várias outras obras de tecido

---

77. JOUBERT, F. Les Tapisseries de l'Hôtel-Dieu. In: Le faste des Rolin: au temps des ducs de Bourgogne. *Dossier de L'Art*, n. 49, p. 62-63, jul. 1998.
78. Ibidem.

adquiridas ao longo dos séculos ou doadas por clientes ricos. Talvez as mais notáveis sejam as seis peças que ilustram a parábola do filho pródigo. São grandes pinturas em lã e seda que tinham apenas um objetivo: descrever os costumes senhoriais e as atividades dos camponeses durante o início do século XVI. Também do século XVI é a tapeçaria *Mil flores*, que, feita de lã, representa a lenda de são Elígio, uma delícia para botânicos e jardineiros amadores. A composição um tanto anárquica, sem perspectiva nem escala, inclui uma coleção excepcional de flores inspiradas principalmente na vida real, todas de acordo com a imaginação do tecelão. É maravilhoso imaginar essa tapeçaria adornando as paredes do Hôtel-Dieu, e isso em qualquer estação do ano.[79]

Não podemos concluir essa visão geral da herança da tapeçaria do Hôtel-Dieu sem mencionar a *História de Jacob*, um conjunto de cinco quadros elaborados em seda e lã e produzidos no estúdio de Martin Reymbouts, em Bruxelas, no século XVII. É possível apreciar seus detalhes e o modo como trabalhou a perspectiva tanto quanto a qualidade narrativa de cada cena. O encontro entre Raquel e Jacó perto de uma fonte é um encanto visual, com ovelhas brancas ao lado de senhores ricamente vestidos. Além de suas qualidades estéticas, o sonho de Jacó, em que ele vê um anjo subindo e depois descendo uma escada que leva da Terra ao céu, relata um momento crucial

---

79. MÉNAGER, P., op. cit.

na história do cristianismo, o encontro entre o Velho e o Novo Testamento, entre a sinagoga e a igreja.[80]

Mas, por mais notáveis que sejam as tapeçarias, elas são um tanto ofuscadas por sua proximidade a uma obra que foi sempre elogiada, devido ao seu tamanho e à qualidade excepcional de seu conteúdo: o políptico *O Juízo Final*, de Rogier van der Weyden, que teve um detalhe apresentado no capítulo "Genealogia de Nicolas Rolin".

Reverso do políptico[81] *O Juízo Final*, de Rogier van der Weyden, no qual Nicolas Rolin figura como doador junto de seu brasão de armas, c. 1445-50, Hôtel-Dieu. Fonte: Inventário Geral, ADAGP, M. Rosso.[82]

---

80. Ibidem.
81. Retábulo composto por painéis fixos ou móveis.
82. DE VAIVRE, J. B. Armoiries et devises des Rolin. In: Le faste des Rolin: au temps des ducs de Bourgogne. *Dossier de L'Art*, n. 49, p. 10-13, jul. 1998.

Rogier de La Pasture, nome de batismo de Der Weyden, nasceu em Tournai, Bélgica, ao redor de 1399. Em 1427, começou a estudar pintura no estúdio de Robert Campin (1378-1444), um dos pais da pintura flamenga, conhecido pelas cores vivas e pela representação de personagens em sua obra. Rogier de La Pasture concluiu seu aprendizado, permitindo-lhe tornar-se o pintor oficial da cidade de Bruxelas em um curto espaço de tempo. Foi nesse ponto que ele traduziu seu nome para o flamengo, tornando-se Rogier van der Weyden.

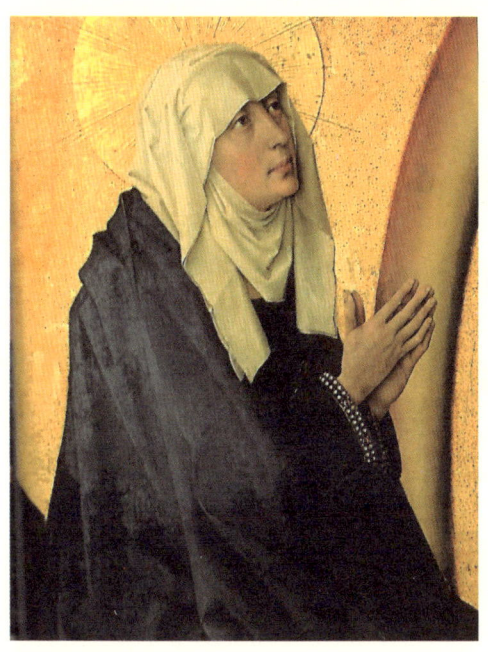

A Virgem Maria rezando em um dos painéis de
O Juízo Final, de Rogier van der Weyden.
Fonte: Philippe Ménager e Richard Siblas.[83]

---

83. MÉNAGER, P., op. cit.

Mas como Nicolas Rolin contratou esse pintor, considerado o digno sucessor de van Eyck? Rolin passou muito tempo em Flandres, onde residia a maioria da corte ducal da Borgonha, e deve ter visto o trabalho de Rogier van der Weyden e contratado esse talentoso artista para produzir uma obra que decorasse a parte de trás do altar, na capela ao lado do Salle des Pauvres (Salão dos Pobres). O tema encomendado foi o julgamento final, assunto que se encaixasse perfeitamente no ambiente hospitalar.[84]

O políptico de Van der Weyden é uma pintura a óleo sobre painéis de carvalho, enorme e luxuosa como o Hôtel-Dieu de Nicolas Rolin e Guigone de Salins. Com 5,46 metros de comprimento e 2,25 metros de altura, compreende quinze painéis (seis quando fechados e outros nove quando abertos), e seu formato se assemelha ao registro inferior de um tímpano acima da porta de uma igreja.

O retábulo era mantido fechado durante a semana e aberto aos domingos e nos principais dias de festa (marcados por badaladas de sinos). Isso significava que, na maioria das vezes, os pacientes viam um trabalho pictórico em cores frias com uma composição simples, com os dois painéis principais retratando os fundadores ajoelhados e com as mãos cruzadas, orando pela graça de Deus para os pobres, por intercessão de são Sebastião, para o qual o chanceler está virado, e de santo Antônio, para o qual se vira Guigone. Esses dois santos são os primeiros padroeiros do hospital, que também foram chamados para combater a praga, fla-

---

84. Ibidem.

gelo recorrente do qual a Borgonha não conseguiu escapar. Os retratos, instalados no coração do hospital, imortalizam a piedade dos fundadores.[85]

Os dois pequenos painéis superiores são decorados com a anunciação à Virgem Maria, quando ela é comunicada sobre a vinda do Salvador à terra, uma ideia que contraria claramente a imagem do retábulo aberto, do Juízo Final, quando a humanidade seria salva por Cristo pela segunda vez.[86]

Der Weyden retratou os fundadores com grande sutileza e expressão, mas foi na representação das figuras sagradas que se superou. Em vez de pintá-las como seres em carne e osso, escolheu mostrá-los como estátuas. Essa escolha original de estilo fez todo o sentido, já que Nicolas Rolin e Guigone de Salins não eram contemporâneos dos santos retratados, de modo que não poderiam orar senão diante de estátuas. Além disso, a Tournai do século XV era conhecida por seus muitos escultores talentosos. Só podemos presumir que Van der Weyden acenava para sua terra natal e para os artistas que ele certamente deveria ter conhecido na juventude. Quanto à qualidade da representação dessas esculturas, é maravilhosa, já que Rogier van der Weyden as pintou em monocromático cinza para enfatizar a aparência da pedra. É importante

---

85. LORENTZ, P. Le Polyptyque du jugement dernier par Rogier van der Weyden. In: Le faste des Rolin: au temps des ducs de Bourgogne. *Dossier de L'Art*, n. 49, p. 64-69, jul. 1998.
86. MÉNAGER, P., op. cit.

observar a singular beleza de suas roupas e a sutil expressão de seus rostos.[87]

Já o retábulo aberto mostra, no centro, Cristo, o juiz, acima de são Miguel Arcanjo, responsável por julgar as almas. Quatro anjos anunciam o evento com trombetas. Os céus são representados por um fundo dourado delimitado por nuvens, e nele a corte divina e dois intercessores – Virgem Maria e são João Batista – tomam seus lugares. No registro inferior, os ressuscitados parecem minúsculos em comparação com são Miguel. Enquanto poucos escolhidos são admitidos no céu e acolhidos por um anjo no limiar de uma igreja, os malditos seguem inevitavelmente em direção às chamas do inferno, onde são condenados ao castigo eterno.

O inventário de 1501 cita ainda cerca de 395 móveis em uma vintena de quartos no Hôtel-Dieu. Os móveis dos quartos dos pacientes geralmente consistiam em um altar de madeira, estrados, sofás e camas de acampamento, uma mesa com bancos, uma cadeira, um baú acoplado a um banco, com um ou mais espaços, um armário ou um aparador.

Nove baús, identificados como os mais característicos da ordem de Rolin, seriam usados, segundo o inventário, para colocar as roupas usadas nos quartos, dentre elas, roupas de cama, lençóis, fronhas e camisolas nos quartos amplos para os pobres (trinta camas).[88]

---

87. JOUBERT, F., op. cit.
88. FRANÇOIS, B. Le mobilier de l'Hôtel-Dieu. In: Le faste des Rolin: au temps des ducs de Bourgogne. *Dossier de L'Art*, n. 49, p. 70-77, jul. 1998.

Baú com madeira trabalhada em carvalho de meados do século XV. Fonte: Bruno François.[89]

A coleção de móveis do Hôtel-Dieu contém mais de 5 mil objetos, dos quais apenas alguns se encontram hoje no Salle Saint-Louis (Salão São Luís), um legítimo museu de arte em miniatura. A maioria das peças, entre as quais as camas, está localizada nos quartos onde elas realmente teriam sido usadas. Portanto, os objetos exibidos nesse salão oferecem apenas um vislumbre dos móveis originais do Hôtel-Dieu nos últimos cinco séculos.[90]

A montagem desses móveis também é digna de nota, pois o modo como foi feita nos mostra um grande domínio das técnicas de carpintaria, em particular nas conexões de moldagem dos pilares e travessas com o uso do corte de esquadria (corte a 45 graus) nos cantos superiores, processos que eram desconhecidos pelos carpinteiros medievais. Em resumo, os móveis foram projetados por carpinteiros de excelência, e certamente de outras localidades, já que tais técnicas eram muito superiores às encontradas na região.

---

89. Ibidem.
90. Ibidem.

São Miguel pesando as almas em um dos painéis de
O Juízo Final. Foto: Philippe Ménager e Richard Siblas.[91]

---

91. LORENTZ, P., op. cit.

De todas as peças expostas, as mais notáveis e de magnífica qualidade são os baús, fabricados na segunda metade do século XV, na época em que o local foi fundado. Mais de trinta deles sobreviveram, um número bastante excepcional. Só pela decoração, podemos dizer que eles eram objetos preciosos, destinados muitas vezes a armazenar livros e outras peças de valor.[92]

Entre os objetos mais incomuns a um hospital estão as poltronas, que datam do século XVII e deram conforto adicional aos pacientes. Esses bancos tinham a precípua finalidade de permitir que eles se sentassem com facilidade ao lado da lareira na época do frio.

Baú acoplado a um banco esculpido em madeira de carvalho. Fonte: Bruno François.[93]

---

92. MÉNAGER, P., op. cit.
93. FRANÇOIS, B., op. cit.

CAPÍTULO 6

Os vinhedos do Hôtel-Dieu

O Hôtel-Dieu de Beaune é um dos edifícios mais famosos do mundo, principalmente pela sua arquitetura suntuosa e notável. Considerado monumento histórico desde 1862, funciona atualmente como um museu da história da medicina. Em 1971, um novo e moderno hospital o substituiu. Também é conhecido mundialmente por suas prestigiadas propriedades vinícolas na região da Borgonha, onde há enorme variedade de *côtes* (literalmente, encostas, onde estão localizados os vinhedos). As mais importantes são: Hautes Côtes de Nuits et de Beaune (1.330 hectares), Yonne (de 5.400 ha), Côte des Nuits (1.700 ha), Côte de Beaune (3.600 ha), Côte Chalonnaise (4.000 ha), Mâconnais (7.000 ha) e Beaujolais (22.000 ha). As principais variedades de vinho produzidas são originadas das seguintes cepas de uva: aligoté, gamay, pinot beurot, sauvignon, césar, melon, sauvignon blanc, pinot noir e chardonnay, sendo as duas últimas as mais prestigiadas e difundidas.[94]

Durante muito tempo, os historiadores pensavam que o nome da primeira cidade, Nuits-Saint-Georges, localizada numa região celta, devia-se à área plantada com nozes em um grande bosque dessa região. Atualmente, acredita-se que "Nuits" se origina da palavra *"noue"*, que significa "água" ou "área inundada". Antes de ser uma grande área vinícola, essa região seria coberta por pântanos que foram drenados gradativamente por monges a partir do século XII. Os vinhedos da Côte des Nuits estão localizados em terrenos que datam do período médio Jurássico. São mais antigos que os da área de Beaune. Hoje, seus terrenos são compostos por uma camada de calcário e fissurados por inúmeras e estreitas falhas geológicas que facilitam a circulação da água – o ideal para a plantação da uva pinot noir e para os *grands vins*.[95]

A *appellation d'origine contrôlée* ("denominação de origem controlada", DOC, na sigla em português) na Côte de Nuits começa ao sul de Dijon e ao norte de Fixin e termina no sul de Corgoloin. Tem vinte quilômetros de comprimento e está de frente para o leste. Produz vinhos tintos principalmente, incluindo o Romanée-Conti, o vinho mais caro do mundo. O preço de uma garrafa varia de 457 a 915 euros, que é um preço enorme para uma

---
94. KENNEL, F. *Burgundy Wines*. Vichy: Aedis, 2002.
95. KENNEL, F. *French Wine*. Vichy: Aedis, 2001.

diminuta "*appellation*" de apenas um hectare. Esse vinho é feito por meio da condensação da uva pinot noir palette, resultando em uma bebida macia, rica, poderosa e elegante. Os métodos de produção são extremamente rigorosos, e são produzidos em média 2 mil litros por hectare (três uvas por planta).

Os vinhedos da Côte de Beaune começam no norte de Ladoix-Serrigny e terminam no departamento de Saône-et-Loire. Ficam de frente para o sudeste e produzem vinhos tintos e grandes vinhos brancos, especialmente nos vinhedos de Meursault e Puligny-Montrachet.

No caso dos vinhedos das Hautes Côtes de Nuits et de Beaune, eles são chamados de "*arrière-côte*" ("encosta anterior" ou "a montante"), para lembrar que são paralelos a uma encosta, mas localizados a uma altitude de 425 metros, comparado com Côte de Beaune, cuja variação de altitude está entre 250 e 300 metros. Estão localizados de frente para o oeste e produzem vinhos tintos e brancos.[96]

A primeira evidência escrita da presença de vinhedos perto de Beaune apareceu no ano 312. O imperador Constantino recebeu dos habitantes de Autun uma reclamação em forma de petição, detalhando as más condições dos vinhedos da cidade e solicitando impostos mais baixos.[97]

Mais tarde, em 630, o duque da Borgonha concedeu à abadia de Bèze uma grande área de terras em Gevrey-Chambertin, que se tornaria o vinhedo Chambertin-Clos

---

96. KENNEL, F. *Burgundy Wines*. Vichy: Aedis, 2001.
97. Ibidem.

de Bèze, nome que continua até hoje. Nesse período, foram lançadas as bases para que os monges viticultores posteriormente limpassem a terra e marcassem os limites dos futuros vinhos Grand Crus da Côte de Beaune.[98]

Em 1395, um decreto de Filipe II, conhecido como Filipe, o Ousado, duque da Borgonha, ordenou que os vinhos fabricados com a uva do tipo gamay, descritos por ele como "cepas inferiores", fossem retirados de fabricação e que a cepa pinot noir, que produzia uma uva mais refinada, fosse plantada em seu lugar. E foi assim que surgiu a fama da Borgonha como produtora de vinhos de excelente qualidade.[99]

No começo da metade do século XV, considerava-se que o vinho da região tinha qualidades nutritivas e médicas, e o vinho branco era usado como antisséptico. As poucas videiras existentes nos terrenos pertencentes aos Hospices de Beaune eram mais que suficientes para a produção de vinho que necessitavam para esses fins. Foi assim que os Hospices começaram a vender o vinho excedente, graças a permissões específicas que Nicolas Rolin adquiriu.[100]

Os vinhos do hospital eram vendidos como uma entidade privada até 1794. A primeira venda em leilão ocorreu em 23 de março de 1795, após o hospital ser municipalizado por meio de um decreto do distrito de Beaune, na

---

98. Ibidem.
99. Ibidem.
100. MÉNAGER, P. In Vino Hospitalis. In: *Destination... Beaune*: The Essencial Guide. Beaune: Escargot Savant, 2014, p. 68-75.

sala de reuniões do primeiro andar do Hôtel-Dieu, antiga sala Chambre du Roy. Foi apenas uma breve experiência, pois a partir de 1796 a venda privada já havia sido retomada – embora os novos regulamentos administrativos os obrigassem a realizar essas negociações por meio de licitação. No entanto, esse novo sistema provou ser um fiasco, e os hospitais rapidamente retornaram ao antigo procedimento de venda privada. Eventualmente, o modelo de venda por meio de licitação tornou-se a norma, embora nem sempre tenha sido vantajoso para os Hospices, pois pressionava o orçamento da instituição. Foi somente em 1859, após vários longos anos de equívoco, que o sistema de vendas por meio de leilão com preços ascendentes foi estabelecido, tornando-se um sucesso rapidamente.

Em 1889, foi decidido que os vários tipos de vinhos produzidos no hospital levariam os nomes dos fundadores e dos principais benfeitores da instituição, tanto por razões promocionais quanto como lembrete do principal objetivo do leilão. Essa iniciativa de promoção, combinada com a busca por uma qualidade cada vez maior, ajudou o leilão a crescer a cada ano.

O último leilão realizado na pequena Chambre du Roy foi em 1923. A partir daí, o evento foi transferido para uma área bem mais ampla: o galpão onde eram estocados os barris com a bebida.[101]

---

101. Ibidem.

Ilustração publicada na revista *L'Illustration*, em 1895, representando uma degustação de vinhos antes de um leilão.[102]

Como muitos hospitais na França, os Hospices de Beaune possuíam propriedades e ativos consideráveis. No entanto, diferentemente dos outros, os ativos desse hospital compreendem mais do que florestas, apartamentos e outras propriedades residenciais: possuíam grandes propriedades vinícolas, com muitos lotes de videiras.

Agora, como esse hospital passou a ter vinícolas tão grandes, cobrindo mais de sessenta hectares e produzindo alguns dos melhores vinhos da Côte de Beaune, da Côte de Nuits e até dos Mâconnais? A resposta está nas origens desse estabelecimento. Em 29 de janeiro de 1454, o duque

---

102. Ibidem.

da Borgonha, Filipe, o Bom, concedeu à instituição as "novas cartas hospitalares", ou seja, os pacientes tinham o direito de legar "quando morressem ou em vida" todos ou parte de seus bens ao Hôtel-Dieu, a fim de apoiar seu trabalho de caridade com os pobres e doentes da região.[103]

Foi uma mulher quem primeiro trabalhou para construir esse vasto estado vinicultor. Guillemente, viúva de Humbert Le Verrier, foi a primeira pessoa a doar seis *ouvrées* ao Hôtel-Dieu, localizados em Beaumont-en-Franc, hoje município de Chorey-les-Beaune, no ano de 1457. Um *ouvrée* é uma unidade de medida que descreve a superfície de uma vinha que uma pessoa é capaz de cavar durante um dia. Na região da Borgonha, corresponde a 428 metros quadrados.

Ao longo dos últimos seis séculos, os Hospices de Beaune continuaram recebendo lotes de terreno com vinhedos de vários tamanhos localizados em diferentes locais. A doação mais recente data de 2010. Compreende um lote de vinhedos de 4.380 metros quadrados localizado em Echézeaux du Dessus, um Grand Cru.

Cru significa literalmente "vinhedo", de modo que Premier Cru é um vinhedo de destaque, algo muito especial na Borgonha, e o Grand Cru ainda mais importante. Já a categoria Cru Classé significa "vinhedo classificado". Para a Exposição de Paris de 1855, os comerciantes dos vinhos de Bordeaux separam os então principais sessenta

---

103. Ibidem.

Châteaux, ou *Crus*, em cinco divisões, com base nos preços de venda. Por incrível que pareça, esse sistema funciona até hoje, de Premier Cru (o melhor) a Cinquième Cru.[104]

Voltando às doações recebidas pelos Hospices ao longo dos anos, como elas se espalhavam por toda a região, nem sempre eram adequadas para os administradores do hospital. Portanto, a história registra certo número de trocas, compras e vendas de lotes, a fim de adquirir os vinhedos mais contíguos possíveis.

Essa longa associação entre o hospital e os vinhedos foi quase interrompida duas vezes durante o século XIX. A primeira foi em 1849, depois de vários anos de colheita insatisfatória, com resultado de vendas fraco e pouca renda sendo produzida para o hospital. O governo vinha sugerindo continuamente que os Hospices vendessem suas vinhas para comprar florestas, o que garantiria uma renda muito mais segura. Mas os administradores não cederam.

A segunda crise ocorreu algumas décadas depois, quando uma grande praga por um inseto chamado filoxera (*phylloxera*) atingiu as videiras da Côte de Beaune e da Côte de Nuits. Após várias tentativas de resolver o problema, a solução final foi a realização de enxertos de outros tipos de uvas sãs em raízes mais resistentes, quando foram feitos numerosos ensaios em vinhedos fechados. Com a praga eliminada, as videiras dos Hospices foram salvas e puderam florescer novamente.[105]

---

104. Ibidem.
105. Ibidem.

O solo de calcário de Beaune, semelhante ao da Côte des Nuits, é menos áspero, significando que as declividades da Côte de Beaune são menos íngremes. Ao mesmo tempo, é um solo mais fraturado, menos homogêneo, existindo tanto fóssil calcário (em Meursault), quanto solo ferruginoso vermelho (caso dos vinhedos do Château de Pommard, por exemplo), de modo que as uvas pretas e as brancas se desenvolvem igualmente bem por ali.

Além disso, as Côtes de Beaune e Nuits estão localizadas de frente para o sudeste e para o leste, respectivamente, obtendo a luz completa do sol da manhã, fator deveras importante para essa latitude.

Atualmente, o domínio vinícola dos Hospices de Beaune soma 60 hectares, dos quais dez são dedicados às cepas charndonnay e cinquenta são consagrados às cepas pinot noir,[106] uma uva tinta originária da Borgonha que se tornou muito solicitada no mundo do vinho: enquanto algumas uvas, como a cabernet sauvignon, são confiáveis, a pinot noir é muito variável. Quando boa, é deliciosa, embora seja frágil e muito mais leve que a cabernert sauvignon. Suas cascas são bem mais finas, de modo que ficam mais suscetíveis a podridão e a doenças, e os vinhos delas resultantes são mais claros e, com frequência, menos tânicos ou encorpados.[107]

---

106. KENNEL, F., op. cit.
107. ROBINSON, J. *Expert em vinhos em 24 horas*. Trad. Helena Londres. São Paulo: Planeta, 2016.

Tapeçaria de lã e seda feita em Flandres no século XV. Nela, é possível ver diferentes etapas do tratamento da uva e do vinho, como a colocação da bebida em barricas. Fonte: Toledo Museum of Art, T. Thayer.[108]

---

108. STRASBERG, A. Les Hôtels Bourguignons de Nicolas Rolin. In: Le faste des Rolin: au temps des ducs de Bourgogne. *Dossier de L'Art*, n. 49, p. 90-93, jul. 1998.

Devido a seus aromas extremamente complexos, torna-se difícil o plantio de pinot noir em regiões fora da Borgonha – o Chile, que produz atualmente vinhos excelentes com essa uva, é uma exceção. Trata-se de fato de uma cepa muito frágil, geneticamente instável, com forte tendência a mutações e degeneração.[109]

O vinho pinot noir em geral é frutado, algumas vezes um pouco doce, com um sabor que alterna entre framboesa, cereja, violeta, cogumelo e solo dos bosques no outono (segundo os enófilos e sommeliers). Seu gosto delicado tem atraído a atenção dos produtores e consumidores do mundo todo. No entanto, por seu amadurecimento precoce, as uvas precisam de um clima razoavelmente frio, a fim de que a temporada de crescimento seja longa o bastante para desenvolverem sabores interessantes.[110]

Quanto à chardonnay, também originária da Borgonha, é a uva vinífera mais plantada no mundo, cultivada em qualquer lugar onde se produza vinho, e com facilidade. Quanto ao sabor, tem grande afinidade com o carvalho, de modo que pode ser um tanto tostado e até um pouco doce (novamente, segundo os enófilos e os sommeliers). Tem sido plantada com sucesso na Austrália, Estados Unidos, Áustria, Argentina, África do Sul e em tantos outros países. Entretanto, é muito sensível a geadas na primavera, e sua casca muito fina pode apodrecer rapidamente.[111]

---

109. ROBINSON, J., op. cit.
110. Ibidem.
111. Ibidem.

Confiadas a 22 viticultores selecionados, estas vinícolas excepcionais contam com 85% dos Premiers Crus e dos Grands Crus, as mais altas classificações da Borgonha. No ano de 1926 foi decidido que o terceiro domingo de novembro se tornaria a data oficial do leilão beneficente. Atualmente, setenta por cento das compras são realizadas por negociantes da Europa, mas há também compradores asiáticos e americanos.

A partir de 1946, o leilão passou a ter um presidente honorário, que na ocasião foi indicado o embaixador dos Estados Unidos na França. No ano seguinte, foi a vez do embaixador britânico supervisionar os leilões.

Em 1959, o leilão passou a ser realizado no Halle de Beaune, um edifício muito mais adequado para sediar o evento do que o galpão onde eram estocados os barris. Hoje, o leilão não é apenas um grande evento de celebridades, mas também um importante termômetro para o mercado de vinhos. Organizado pela empresa de leilões Christie's, é o mais célebre evento de caridade no mundo e deve seu sucesso a vários fatores.[112]

Em primeiro lugar, há o prestígio dos próprios vinhos, mas isso por si só não é suficiente. Mais importante do que isso é o zelo dos supervisores das propriedades vinícolas em sempre oferecer para venda apenas vinhos da mais alta qualidade, o que significa reter os vinhos fora do padrão. Em 1956 e 1968, por exemplo, as colheitas foram consi-

---

112. MÉNAGER, P., op. cit.

deradas tão terríveis que nenhum leilão foi realizado. Já o ano de 1910 detém o título de *annus horribilis*, quando simplesmente não houve colheita.

Além desses casos extraordinários, às vezes acontece de uma ou duas safras não serem colocadas em leilão. Esse foi o caso de um Pommard e de um Beaune Premier Cru em 2011. Essas situações são raras, mas esse é o preço para manter a reputação dos vinhos leiloados.

Em anos comuns, são comercializados atualmente nos Hospices de Beaune uma magnífica variedade de 46 tipos de vinho DOC (33 tintos e 13 brancos), cada um mais prestigiado que o outro, produzidos a partir das colheitas de setembro. Fazem parte desse grupo marcas famosas, como Pommard, Volnay, Corton e Clos de la Roche. Todos esses lotes são facilmente identificáveis como produções dos Hospices graças à presença em seu rótulo do nome do vinho e das armas do casal fundador, Nicolas Rolin e Guigone de Salins: três chaves e uma torre. Os climas dos vinhedos da Borgonha estão na lista de Patrimônio Mundial da Unesco desde 2015.[113]

O leilão é realizado sob a égide do prefeito de Beaune e do presidente honorário, com um leiloeiro credenciado conduzindo os procedimentos. Os compradores em potencial, vindos de todo o mundo e que tiveram oportunidade de provar os vinhos alguns dias antes, devem seguir um conjunto específico de regras para envelhecer

---

113. Ibidem.

seus vinhos, como utilizar barris de carvalho armazenados nas cubas dos Hospices de Beaune e obedecer a uma rotulagem regulatória.

Um barril de vinho sob o comando do martelo no leilão.
Foto: Hospices de Beaune.[114]

Até alguns anos atrás, todos os leilões eram chamados de "leilões de velas": uma vela curta era acesa para cada lote, e os lances eram aceitos até a vela se apagar. Com a modernização e a internacionalização do leilão dos Hospices, essa prática tornou-se um pouco ultrapassada. A partir de então, lotes de um ou vários barris são vendidos em leilão aberto, com preços ascendentes. Somente o Barril do Presidente é vendido no leilão à luz de vela, quando

---

114. Ibidem.

o presidente honorário sobe ao palco e usa todo o seu carisma para aumentar as propostas.

O ator Fabrice Luchini detém o recorde da oferta mais alta, no valor de 400 mil euros, e a cantora Carla Bruni vem em segundo lugar, tendo recebido um lance de 270 mil euros. Os fundos arrecadados com a venda do Barril do Presidente não vão para os Hospices, mas para uma instituição de caridade escolhida pelo presidente honorário.[115]

Os vinhos são apresentados aos licitantes na forma de barris de 228 litros (chamados de *pièces*), o que equivalente a 304 garrafas padrão, de 750 mL. A única exceção é o Barril do Presidente, que contém 350 litros. O número de barris varia de acordo com o rendimento da videira, o que não necessariamente está relacionado com a qualidade do vinho – baixa quantidade, afinal, não significa baixa qualidade. Em 2011, por exemplo, as uvas pinot noir não amadureceram totalmente, de modo que ficaram menores e resultaram em um rendimento bastante baixo por hectare. Mas, ainda assim, considerou-se que foi um ótimo ano para o pinot noir.[116]

O valor total arrecadado pelo leilão varia de 2 milhões de euros a quase 5 milhões em anos excepcionais. Essas grandes somas não são usadas para despesas diárias nos Hospices de Beaune, mas para financiar grandes investimentos, como a compra de equipamentos médicos de última geração para

---

115. Ibidem.
116. Ibidem.

o novo hospital e a modernização dos edifícios, além da conservação do museu do Hôtel-Dieu.

Quando se trata de vinhos, as regiões da Borgonha e de Bordeaux são frequentemente apresentadas como grandes rivais. Na realidade, pouco tem em comum. Os vinhedos de Bordeaux são 2,5 vezes maiores que os da Borgonha, incluindo Beaujolais. Por outro lado, a Borgonha produz quase duas vezes mais vinhos DOC do que Bordeaux (são 98 na Borgonha, Beaujolais não incluído, e 57 em Bordeaux). Na Borgonha existem 4,9 mil propriedades, 115 lojas comerciais e 19 cooperativas com adegas, 61% do vinho produzido é branco e 39% são vinhos tintos.[117]

Atualmente são vendidos nos Hospices de Beaune 46 tipos de vinhos, derivados principalmente das uvas Pinot Noir e Chardonnay e todos premier cru ou gran cru

Garrafa ao lado comprada por mim em 13 de outubro de 2018, durante minha pesquisa sobre Nicolas Rolin em Beaune, Borgonha

Vinhos à venda no Hôtel-Dieu. Foto à esquerda: acervo pessoal. Foto à direita: Hospices de Beaune.[118]

---

117. KENNEL, F., op. cit.
118. MÉNAGER, P., op. cit.

CAPÍTULO 7

Os Hospices de Beaune com o passar dos séculos

Como tratado no capítulo "Construção dos Hospices de Beaune", chamam muita atenção no edifício os tetos e o telhado. É importante lembrar que o prédio com vista para a rua, que contém o Salle des Pauvres, sempre foi coberto de ardósia, um material luxuoso e extremamente caro, principalmente na Borgonha, onde quase não existem pedreiras dessa rocha. Já as três outras alas do Hôtel-Dieu foram inicialmente cobertas por azulejos envernizados. Reconhecidos por sua solidez, são encontrados em toda a Flandres, mas não exclusivamente, e são mais baratos que a ardósia. Esses telhados coloridos duraram vários séculos. Prova disso é um notável modelo de palha do Hôtel-Dieu produzido por uma paciente em 1740, atualmente em exibição no Salão São Nicolau.[119]

No entanto, essa decoração desapareceu durante o século XIX. Há várias gravuras e aquarelas antigas mostrando que, em meados do mesmo século, os telhados estavam completamente cobertos com telhas escuras convencionais. Até que, no início do século XX, após o Hôtel-Dieu se tornar um monumento histórico, foi iniciado um grande trabalho de restauração, e os telhados foram novamente revestidos com azulejos coloridos envernizados. Também foi nessa época que foram adicionadas outras estruturas finamente esculpidas e mais outras características decorativas. Admite-se que o modelo de palha do século XVIII tenha sido usado nesse momento para reproduzir certos motivos originais. Quanto às cores dos azulejos, é possível que tenham sido escolhidos de maneira aleatória, ou de acordo com a imaginação dos restauradores.[120]

Após a inauguração dos Hospices, Rolin teve várias discussões com Alardine Ghasquière, a primeira diretora, sobre quem desabafou:

> [...] pelos esforços que ela fez contra mim, [...] submetia as freiras a uma disciplina dura [...]. Impôs tanto rigor e submissão que elas não ousavam falar com o confessor ou mesmo be-

---

119. MÉNAGER, P. Treasures of the Hotel-Dieu. In: *Destination... Beaune*: The Essencial Guide. Beaune: Escargot Savant, 2014, p. 46-62.
120. Ibidem.

ber água sem a permissão dela. Era demasiado severa e, além disso, seu tratamento era insuportável para com os pobres do hospital [...].[121]

Por causa desses fatos, Rolin demite Ghasquière e, em agosto de 1459, assina os 28 artigos do "Estatuto do Hôtel-Dieu", com os conselheiros do duque da Borgonha como testemunha, e aproveita a oportunidade para criar uma política de enfermagem bastante incomum: a diretora e as irmãs teriam o direito de legar seus bens pessoais quando bem entendessem, poderiam deixar o hospital para entrar em ordens sagradas, casar ou se juntar a suas famílias simplesmente pedindo permissão para fazê-lo, e as irmãs de enfermagem deveriam ser bem tratadas pela diretora: fariam as refeições juntas, sem a leitura da literatura sagrada, e dormiriam em um dormitório comum, porém sempre com duas irmãs de plantão durante a noite, cuidando dos doentes. Essas regras permitiriam que as irmãs se dedicassem totalmente aos cuidados de seus pacientes com tranquilidade e pudessem demonstrar toda a compaixão necessária aos pobres e desvalidos que tivessem a sorte de conseguir um lugar no Hôtel-Dieu.[122]

No ano seguinte, apenas dois anos antes da morte de Nicolas Rolin, uma bula papal expedida pelo papa Pio II confirmou os regulamentos elaborados pelo chanceler para cuidar dos enfermos.[123]

---

121. FRANÇOIS, B. *The Hospices de Beaune: Dates, Facts and Figures*. Paris: Jean-Paul Gisserot, 2012.
122. Ibidem.
123. Ibidem.

Após dez anos, o prédio passou por novas obras. Uma delas foi o preenchimento dos buracos usados para montar o andaime do prédio com vista para a rua, que estavam sendo empregados como caixas de ninho pelos pombos. Nesse mesmo período, foi decidido substituir o suporte que sustentava o teto da cozinha após um colapso, em 1459, por uma elegante e esbelta coluna, a ser instalada em frente à lareira. Também foram concluídas as obras no celeiro, onde o vinho deveria ser produzido, deixando-o com uma bela prensa de rosca, sete grandes tonéis e uma adega. Com isso, fechava-se o lado oeste do pátio.[124]

Entre 1484 e 1498, o Chambre de Croix (Salão da Cruz), no canto noroeste do primeiro andar, foi renomeado para King's Chamber (Salão do Rei), após uma visita do rei Carlos VIII (1470-1498).[125] Pesquisas recentes mostraram que esse era o quarto usado por Nicolas Rolin durante suas visitas ao Hôtel-Dieu.

Em 1494, o abade de Cîteaux elogiou os Hospices nos seguintes termos: "Um hospital esplêndido e famoso, construído com um layout tão vasto e perfeito que despertou a admiração dos mais poderosos senhores e atraiu nobres estrangeiros".[126]

No ano de 1501, foi publicado o inventário de que se falou no capítulo "Pinturas, tapeçarias e mobiliário dos Hospices de Beaune", contendo uma relação completa

---

124. Ibidem.
125. Rei da França entre 1483 e 1498, Carlos VIII tornou-se rei aos 13 anos, quando seu pai, Luís XI, morreu. VOLKMANN, J. C. *The Family Trees of the Kings of France*. Paris: Jean-Paul Gisserot, 2002.
126. FRANÇOIS, B., op. cit.

dos móveis, acessórios e utensílios dos Hospices, desde o térreo até os sótãos, incluindo os banheiros externos. Foi um documento deveras importante: elucidou o funcionamento do hospital na época graças à descrição dos vários salões e foi usado posteriormente como base para os trabalhos de restauração.

Em 1503, o neto de Nicolas, Loys Rolin, foi indicado para administrador temporário dos Hospices e se manteve no cargo por cinquenta anos, até ser substituído por Joachim de la Baume, conde de Châteauvillain, em 1553.[127]

Em abril de 1533, ocorreu um dos mais tristes episódios da história do hospital. Na época, o regulamento dos Hospices proibia a admissão de casos contagiosos, mas a preocupação com as vítimas da peste negra levou o prefeito e o promotor da cidade a tentarem negociar o atendimento a essas pessoas com os administradores. Como o pedido foi recusado, os representantes da cidade deixaram o hospital muito lentamente, permitindo que uma multidão carregando os enfermos entrasse no prédio. No caminho, o grupo atacou várias das irmãs com tanta violência que uma delas morreu em decorrência dos ferimentos.[128]

Mas o episódio não abalou a fama do hospital. O rei Carlos IX (1550-1574) visitou Beaune e o Hôtel-Dieu em companhia de sua mãe, Catarina de Médici, em 1562.[129]

---

127. Ibidem.
128. Ibidem.
129. Carlos IX foi governante da França entre 1560 e 1574, tendo sucedido, aos 10 anos de idade, seu irmão Francisco II (1544-1560). VOLKMANN, J. C., op. cit.

Em 1575, uma nova mudança administrativa elege Suzane Rolin, senhora de Monestoy, descendente de Nicolas Rolin, como a nova gestora do hospital. Nessa época, fim do século XVI, o conceito sobre os Hospices ainda era mantido em alto nível pela opinião pública em geral, como mostra o anônimo autor destas palavras:

> Seu hospital, o mais bonito e mais famoso do mundo cristão, é tão bem regulado e governado por suas irmãs enfermeiras que os senhores mais ricos e conhecidos da cidade e das casas ao redor são trazidos aqui a seu pedido, quando estão doentes, para serem cuidados e recuperarem a saúde [...].[130]

Em 1624, é a vez de Loys de Pernes, senhor de Monestoy, ser nomeado administrador temporário do hospital. Casado com Claudien d'Epinac, neta e herdeira de Nicolas Rolin, ele reivindica o direito de viver no hospital com toda a sua família.

Também nessa época, um novo surto de peste levou a novos protestos por atendimento nos Hospices. Os administradores se opunham fortemente que as vítimas fossem trazidas para o hospital, e apenas cerca de 130 doentes foram admitidos nas enfermarias. Depois de quatro meses, foi necessário retirar as vítimas da peste do hospital para

---

130. FRANÇOIS, B., op. cit.

poupar a vida dos pacientes e enfermeiros que haviam sobrevivido até então.[131]

Mas os Hospices ainda mantinham a boa reputação: no dia 19 de novembro de 1658, Luís XIV, o Grande (1638-1715), o famoso Rei Sol, visitou o Hôtel-Dieu acompanhado de sua mãe, Ana da Áustria, e de sua corte.

Era o único filho de Luís XIII, o Justo (1601-1643), e sucedeu ao pai com apenas 5 anos de idade. Seu trono foi estruturado por sua mãe, que tinha como braço direito e conselheiro o cardeal Mazarin, que governou até sua morte em 1661. Quando Luís XIV foi coroado em Reims, em 1654, a realidade do poder não mudou muito, e permaneceu nas mãos do cardeal Mazarin. Foi ele que, procurando conseguir recursos para financiar a guerra contra a Espanha, convenceu o rei a assinar decretos destinados a reabastecer os cofres do Estado. Para que esses atos legislativos fossem aplicados, deveriam ser apresentados ao Parlamento de Paris, cuja função seria registrá-los.[132]

Os parlamentares foram acionados no fim de março de 1655 e contestaram o caráter legal das medidas apresentadas. Em 13 de abril, durante uma reunião solene do Parlamento para deliberar sobre esses editais já ratificados, a chegada de Luís XIV foi anunciada. O rei então surgiu em botas de caça e chicote na mão e começou a fazer uma explanação muito firme sobre os distúrbios iniciados pela

---
131. Ibidem.
132. VOLKMANN, J. C., op. cit.

recente Fronda[133] e suas consequências prejudiciais para o reino. Afirmou ainda que deliberar sobre os decretos lidos em voz alta em sua presença seria interpretar os encrenqueiros. Concluiu formalmente com um pedido aos parlamentares para que pusessem fim a toda discussão.

Embora os registros da corte soberana nunca tenham comprovado a famosa frase "O Estado sou eu!", que teria sido dita por Luís XIV, tal expressão apócrifa é encontrada em todos os livros de história, talvez por incorporar perfeitamente a própria noção de absolutismo, bem como o culto à personalidade do Rei Sol em seus anos de glória.[134]

Voltando à sua visita ao Hôtel-Dieu, Luís XIV havia participado, no dia anterior, de um evento não programado depois de 23 anos de casamento. Lá, rezou na tumba de Margarida do Santo Sacramento, a quem um milagre havia sido atribuído.

Então, no dia seguinte, o rei foi recebido nos Hospices, onde admirou os salões, como a "Grande Câmara", consolou os doentes e expressou sua admiração pela ordem e limpeza do local. No entanto, criticou o fato de homens e mulheres serem acomodados nas mesmas enfermarias. Exclamou: "A mistura dos sexos não é apropriada. A partir de agora, eles devem ser separados [...]".[135] Luís XIV disse também a seus conselheiros financeiros:

---

133. A Fronda foi uma série de guerras civis ocorridas na França entre 1648 e 1653, em meio à guerra franco-espanhola, por sua vez iniciada em 1635.
134. MARTIN, P. *Le Petit Livre de Louis XIV*. Vanves: Éditons du Chêne, 2015.
135. FRANÇOIS, B., op. cit.

> Este hospital é uma das glórias da Borgonha e do meu reino, mas sua renda é muito pequena. Paguem uma anuidade de quinhentas libras proveniente de fundos do Estado. Em troca, os administradores deverão celebrar uma missa solene para mim e para a família real todos os anos, no aniversário do meu nascimento [...].

Depois disso, assinou no registro da Irmandade do Espírito Santo, mantida na Chambre du Roi, "Luís XIV, rei da França". A corte seguiu sua liderança, e quase duzentas assinaturas foram adicionadas ao registro, que se tornou o livro de visitas dos Hospices de Beaune.

De acordo com os desejos do rei, os homens foram transferidos para a enfermaria Santo Hugo, e as mulheres, para a ala do Salle des Pauvres.[136]

Entre 1745 e 1748, a câmara do rei foi decorada com painéis de madeira no estilo Luís XV, e os arquivos foram instalados nas antecâmaras. Essas mobílias continham títulos de propriedade e documentos oficiais, bem como as reservas monetárias dos Hospices.

A segurança da sala e de seu conteúdo inestimável era garantida por uma porta de ferro forjado com três fechaduras, cujas chaves foram distribuídas entre os três membros da administração. Assim, as instalações só podiam ser abertas se todos estivessem presentes.[137]

---

136. Ibidem.
137. Ibidem.

Para a decoração da grande câmara em que realizavam suas reuniões, os administradores compraram uma grande tapeçaria de um comerciante parisiense com ilustrações da história de Jacó para decorar a grande câmara em que realizavam suas reuniões, citada em detalhes no capítulo "Pinturas, tapeçarias e mobiliário dos Hospices de Beaune" (*História de Jacob*).

Entre os anos de 1770 e 1787, Pierre Bourgois, médico dos Hospices, aprovou as entregas de ordens farmacêuticas da seguinte forma: "Eu, abaixo assinado, doutor em Medicina, certifico que verifiquei e fixei o preço dos medicamentos acima com o valor de [...]".[138]

Já em 1788, o padre Béguin, responsável pelas freiras enfermeiras, sugeriu que o antigo Salão de Santa Ana, cujo nome havia sido trocado para Salão São Francisco em 1696, fosse usado para o noviciado sob o nome original. Com isso, o trabalho de fornecer educação para as mulheres que aspirassem a trabalhar no hospital passou das mãos da diretora, cuja carga de trabalho aumentava constantemente, para uma das irmãs.

No mesmo ano, segundo decisão dos administradores, também a preparação dos medicamentos passou a ser responsabilidade de uma freira,

> [...] que fosse especialmente treinada para esse fim e, depois que tivesse adquirido todo o co-

---

138. Ibidem.

nhecimento e a experiência necessários para essas tarefas, trabalharia na farmácia por períodos sucessivos de três anos. Era preciso treinar também uma freira que trabalhasse com ela para que, no futuro, sempre houvesse uma ou duas freiras com o conhecimento necessário nessa área [...].[139]

Foi um boticário de Beaune chamado Gremeau quem treinou as irmãs para esse trabalho, o mesmo boticário que vendia ao hospital os utensílios necessários para a preparação dos medicamentos e os frascos de vidro da farmácia que ainda hoje podem ser vistos no museu do Hôtel-Dieu. Entre os anos de 1841 e 1843, durante a preparação para o quarto centenário dos Hospices, importantes trabalhos de restauração foram realizados na parte superior da porta da fachada em frente à rua. Uma cruz e um galo dourado foram instalados no topo da torre. No mesmo prédio, o escultor Étienne de Saptes devolveu a estátua da Virgem Maria ao lado oeste e a estátua de Cristo ao lado leste. Já no Salle des Pauvres, foi adicionado um púlpito impressionante. No dia da celebração, foram colocadas tapeçarias decoradas com rolas e um sermão foi proferido pelo padre Mallat sobre "a natureza perpétua da caridade dentro da Igreja Católica Apostólica Romana".[140]

---

139. Ibidem.
140. Ibidem.

Telhados atuais do pátio principal dos Hospices de Beaune,
cobertos de azulejos envernizados.
Fonte: Philippe Ménager e Richard Siblas.[141]

---

141. MÉNAGER, P., op. cit.

Vitrais da capela dos Hospices de Beaune, de autoria de Léon Auguste Ottin. De cada lado da imagem da famosa obra de Michelangelo *La Pietá*, são vistos os fundadores Nicolas Rolin e Guigone de Salins, além de são Nicolau e santo Antônio Abade. Adaptação de duas fotos de Philippe Ménager e Richard Siblas.[142]

Em 1872, o arquiteto Maurice Ouradou (1822-1884), cunhado de Villet-le-Duc, foi nomeado pelo comitê administrativo dos Hospices para redigir um projeto geral de reparos necessários na enfermaria e na capela. O projeto,

---

142. MÉNAGER, P. Palace for the poor, op. cit.

que se baseou no inventário de 1501, incluía a renovação das pinturas nos painéis de madeira, a reabertura da grande janela da capela e a recuperação da pintura nas paredes. Além disso, tinha o objetivo de recriar os vitrais da capela, os móveis da grande câmara e da capela e a tela que separa essas duas áreas. Pasquinelly Bruley, pintor de Beaune, criou a decoração dos painéis de madeira e das vigas do teto, e a decoração original das paredes foi recuperada e pintada com uso de fragmentos que as cobriam com sucessivas camadas de calcário.[143]

Entre 1901 e 1907, o arquiteto Louis Sauvageot criou um novo telhado de azulejos no edifício em forma de L com vista para o pátio principal. Ele trabalhava no Departamento de Monumentos Históricos, o qual realizou um estudo aprofundado dos restos do telhado antigo e das telhas autênticas.[144]

Como parte das comemorações do quinto centenário dos Hospices, em 1943, foram exibidos no museu o políptico de *O Juízo Final* e algumas tapeçarias que existiam desde sua fundação.[145]

Em outubro de 1955, o Salle des Pauvres deixou de receber doentes. Entretanto, até 1960, novas epidemias levaram o salão a reabrir.

Enfim, em 1967, o Ministério de Assuntos Sociais ofereceu aos Hospices a chance de construir um novo

---
143. FRANÇOIS, B., op. cit.
144. Ibidem.
145. Ibidem.

hospital, que seria uma referência com trezentos leitos.¹⁴⁶ E foi assim que, na manhã de 21 de abril de 1971, as alas dos enfermos dos Hospices foram transferidas para o novo hospital.

Com a mudança, o museu do Hôtel-Dieu foi instalado nos salões que antes eram usados como enfermarias, mas algumas alas continuaram atendendo a população até 1984, quando os idosos alojados nos salões São Hugo e São Nicolau foram removidos definitivamente.

Os lucros do museu e a venda de vinhos nos Hospices até hoje contribuem para o novo hospital.¹⁴⁷

---

146. Ibidem.
147. Ibidem.

CAPÍTULO 8

Alguns descendentes com sobrenome Rolim

Ao longo da história, houve diversas personalidades interessantes com o sobrenome Rolim, derivado de Rolin. Este capítulo é dedicado a elas.

JOÃO RODRIGUES DE SÁ

João Rodrigues de Sá (1355-1425)[148] foi alcaide-mor do Porto, onde nasceu, e seguidor do partido do Mestre de Avis ao longo da crise dinástica de 1383-1385 em Portugal. Durante o cerco imposto a Lisboa por João I de Castela, João Rodrigues de Sá lutou com sucesso contra as galés castelhanas, o que lhe valeu o epíteto de "o das galés", pelo qual passou a ser conhecido. Em alguns de seus poemas, escreve:

---

148. WIKIPÉDIA. *João Rodrigues de Sá, o das Galés*. Disponível em: <https://pt.wikipedia.org/wiki/Jo%C3%A3o_Rodrigues_de_S%C3%A1,_o_das_Gal%C3%A9s>. Acesso em: 9 set. 2020.

[...]
Quem sete castelos doura
sobre vermelho acendido
lhe o sangue conhecido
por tomar aos mouros Moura
donde trouxe o apelido

Um dom Rolin estrangeiro
foi destes o padroeiro
de cuja fama ainda soa
na tomada de Lisboa
que não foi o derradeiro [...][149]

DOM JOÃO RIBEIRO GAIO

Nascido na Vila do Conde, dom João Ribeiro Gaio foi um bispo católico português de Malaca entre 1578 e 1601, quando faleceu. Foi contemporâneo de dois vila-condenses que muito ilustraram a história de sua cidade e da Igreja Católica: o franciscano frei João de Vila do Conde e o jesuíta padre Manuel de Sá. Tornou-se referência nas áreas de genealogia e geografia. Também deixou registradas proezas da família Rolim.[150]

---

149. FAMÍLIA Rolim: a origem. Disponível em: <http://rolimorigens.blogspot.com.br/p/a-historia.html>. Acesso em: 25 jul. 2020.
150. WIKIPÉDIA. *João Ribeiro Gaio*. Disponível em: <https://pt.wikipedia.org/wiki/Jo%C3%A3o_Ribeiro_Gaio>. Acesso em: 8 set. 2020.

[...]
Sete castelos tomaram
Dom Rolim com seus soldados
a mouras que cativaram
e deles os reis passados
o de Moura lhe dotaram[151]

O dom Rolim referido nos versos do bispo de Malaca é condizente com a pessoa de Rogério Child Rolim, membro da família inglesa que seguiu para Portugal na armada que ajudou a tomar Lisboa dos mouros em 1147. Era filho de dom Rolim, conde de Chester, Inglaterra.

A família Rolim que habitou Portugal se uniu aos Moura, passando a adotar os brasões de armas dessa família. Por isso, o brasão original da família Rolim pode ser considerado o brasão da família Moura.[152]

DOM ANTÔNIO ROLIM DE MOURA

Antônio Rolim de Moura nasceu na Vila de Moura, no Baixo Alentejo, no ano de 1709. Seu pai foi dom Nuno de Mendonça, quarto conde de Val de Reis, senhor de Póvoa e de Meadas, comendador e alcaide-mor das comendas e alcaidarias. Sua mãe foi dona Leonor de Noronha, filha do primeiro marquês de Angeja, dom Pedro de Noronha. Por linha de varonia, vinha da família antiquíssima e no-

---

151. ELUCIDÁRIO nobiliarchico. *Revista de História e Arte*, Lisboa, Livraria J. Rodrigues, v. 2, n. 1, 1929, p. 35.
152. Ibidem.

bilíssima dos Mendonça, apesar de não ter usado o nome, por sucessão à casa dos Azambuja, vez que o último varão renunciou ao nome da família.[153]

Aplicado em filosofia, leitor de escritos bíblicos e teológicos, das matemáticas puras, das ciências e das artes mais úteis, como as que tratavam dos princípios da mecânica, da estática, da hidráulica, da marinha, da pilotagem e da fortificação. Dedicado à leitura da história universal e da história de Portugal, também se aperfeiçoou na arte da retórica. Foi um dos responsáveis pela demarcação da fronteira amazônica, tendo estimulado a criação da Companhia Geral do Grão-Pará e do Maranhão. Foi um dos executores das políticas que redesenharam a fronteira oeste da Amazônia. Homem culto, dados os laços de parentesco com a casa de Bragança, gozava de grande prestígio junto à administração portuguesa. Conde de Azambuja foi o título recebido de dom José I em 21 de maio de 1763.[154]

Foi também segundo vice-rei do Brasil, do vice-reinado instalado no Rio de Janeiro entre os anos de 1767 e 1769 em substituição ao conde da Cunha. Seu breve vice-reinado foi dedicado sobretudo à defesa do litoral.[155] Depois de permanecer na colônia americana por mais de duas déca-

---

153. CANOVA, L. As representações de Antônio Rolim de Moura sobre a paisagem no interior da América Portuguesa no século XVIII. *Crítica Histórica*, Cuiabá, ano 1, n. 2, dez. 2010.
154. MOURA, C. F. *Dom Antônio Rolim de Moura, primeiro conde de Azambuja: biografia*. Cuiabá: Imprensa Universitária da UFMT, 1982. (Documentos Ibéricos; Capitães-Generais, 1).
155. CALDEIRA, J. et al. *Viagem pela história do Brasil*. 2. ed. revista e ampliada. São Paulo: Companhia das Letras, 1997.

das, retornou a Portugal e lá faleceu em 8 de dezembro de 1782, aos 73 anos de idade.

PADRE ROLIM, MENTOR E FINANCISTA DA INCONFIDÊNCIA MINEIRA

Em 1788, a crescente falta de alternativas econômicas, decorrentes de extorsivos impostos cobrados por Portugal aos exploradores de minérios, levaria a elite de Minas Gerais a considerar a possibilidade de um movimento revolucionário. Os boatos sobre a "derrama" produziram o elemento faltante à decisão. No Brasil Colônia, a derrama era um dispositivo fiscal aplicado em Minas Gerais a fim de assegurar o teto de cem arrobas anuais na arrecadação do quinto (que, por sua vez, era a retenção de 20% do ouro em pó ou folhetas encaminhadas diretamente à Coroa portuguesa). Os membros da elite tornaram-se conspiradores. Em pouco tempo, traçaram plano voltado a desencadear um movimento de independência de Portugal. A revolta deveria coincidir com a derrama imposta pelo governador Cunha Meneses, odiado por ficar com o excedente da arrecadação.

Na condição de grandes proprietários e membros influentes da sociedade, passaram a juntar recursos e a aliciar adeptos. Mas, antes do dia marcado, um dos conspiradores, Joaquim Silvério dos Reis, traiu os amigos, permitindo a reação imediata do governo. Os inconfidentes foram presos, torturados e trancafiados em um forte no Rio de Janeiro.

Entre os inconfidentes mineiros mais conhecidos, com funções importantes no governo e na vida mineira, destacam-se:

- *Inácio Alvarenga Peixoto*. Formado em direito em Coimbra, foi juiz em Portugal e ouvidor no Brasil. Abandonou o posto para tornar-se fazendeiro e minerador. Era dono de várias propriedades, nas quais trabalhavam cerca de duzentos escravos. Era também coronel de milícias. Um dos principais intelectuais do grupo, era poeta, escritor e músico.
- *Cláudio Manuel da Costa*. Nascido em Minas Gerais, estudou no Colégio dos Jesuítas no Rio de Janeiro e em Coimbra, onde publicou diversos livros. Viajou pela Europa, onde ficou conhecido como advogado e escritor. Possuía uma das maiores bibliotecas do Brasil. Exerceu várias vezes o cargo de secretário do governador de Minas Gerais. Era proprietário de terras e minerador.
- *Tomás Antônio Gonzaga*. Juiz de direito, filho de desembargador e formado em Coimbra, era ouvidor de Ouro Preto, poeta e escritor, além de ocupar a função de provedor dos defuntos.
- *Joaquim José da Silva Xavier, o Tiradentes*. Considerado pela história o mais importante elemento da Inconfidência Mineira, recebeu uma morte exemplar: enforcado e esquartejado em 21 de abril de 1792.[156]

---

156. Ibidem.

Cláudio Manuel da Costa foi morto antes de chegar à prisão. A devassa foi completa. Todos perderam bens e cargos, e os chefes foram condenados à prisão e à morte. Depois, algumas sentenças foram comutadas em exílio.

Entretanto, há um personagem fundamental na Inconfidência Mineira não muito considerado pela história e pouco divulgado: o padre José da Silva e Oliveira Rolim. Teria sido ele quem colocou pólvora onde só havia poesia. Responsável por transmudar um simples sonho de liberdade em planos efetivos de tomada do poder pelas armas. Foi o último a ser preso, tendo logrado romper dois cercos de militares que tentavam aprisioná-lo. Atravessou o primeiro sob o disfarce de soldado. O segundo, enfrentou a bala. Ocultou-se nas matas por vários meses, levando ao desespero as autoridades portuguesas, que o reconheciam como o mais perigoso dos conjurados. De todos os inconfidentes, é o único de quem se tem fiel descrição dos pés à cabeça, pois foi preciso divulgar um edital com detalhes de sua aparência, com promessa de prêmio a quem o localizasse. Preso, foi quem mais resistiu aos interrogatórios. Ninguém foi mais interrogado que ele: quinze vezes, enquanto Tiradentes, o que mais se aproximou, sofreu onze interrogatórios. Tiradentes chegou a denunciá-lo em uma acareação.[157]

O padre José da Silva e Oliveira Rolim integrava uma das famílias mais ricas do Arraial do Tijuco, hoje Diaman-

---

157. ALMEIDA, R. W. *Entre a cruz e a espada: a saga do valente e devasso padre Rolim*. São Paulo: Paz e Terra, 2002.

tina, em Minas Gerais. Seu pai, embora brasileiro, tinha sido nomeado primeiro e principal caixa-administrador da poderosa Junta Administrativa, um quase governo autônomo dentro da capitania.

Natural do Arraial do Tijuco, o padre Rolim nasceu em 1747, filho mais velho do sargento-mor José da Silva e Oliveira Rolim e de dona Anna Joaquina da Rosa. O casal teve quatro filhos, todos varões: José, o mais velho; seguido de Carlos, que, depois de diplomar-se em Coimbra, também se tornaria sacerdote; Plácido e o caçula Alberto. Entre o mais velho e o mais novo, havia uma diferença de apenas seis anos. Além dos quatro filhos de sangue, o sargento-mor Rolim, poderoso primeiro caixa da Intendência de Diamantes, resolveu criar como filha uma menina negra que teve inicialmente como escrava, alforriando-a mais tarde para lhe conceder a liberdade e lhe emprestar o próprio nome (Silva). Batizada Francisca da Silva, a escrava alforriada que se fez conhecida como Chica da Silva viria a se tornar verdadeira Rainha do Tijuco, amante de homens importantes, sobretudo do magnata João Fernandes de Oliveira, com quem viveu maritalmente e a quem deu quatro filhos e nove filhas – uma delas, Quitéria Rita, se tornaria o grande amor do padre Rolim.[158]

Cursou o seminário menor de Mariana, onde teve como um dos professores o cônego Luís Vieira da Silva, seu futu-

---

158. Ibidem.

ro companheiro de conjuração. Posteriormente, cursou o seminário maior em São Paulo, onde se ordenou sacerdote. Nesse período, o jovem Rolim envolveu-se em tantas e tamanhas farras com mulheres de famílias paulistanas que o governador Lobo de Saldanha o expulsou da capitania. Está tudo documentado em correspondências do capitão-general Martim Lopes Lobo de Saldanha, governador da capitania de São Paulo, que relatam as noitadas do seminarista José da Silva e Oliveira Rolim.[159]

O brasilianista inglês Kenneth Maxwell, professor de história da Columbia University, nos Estados Unidos, atribui ao padre Rolim, censurando-o, a prática do contrabando de diamantes e da importação ilegal de escravos. Mas é importante considerar que o ato de contrabandear diamantes naquela época era também uma forma de lutar contra o despotismo dos colonizadores. O padre Rolim era apenas um entre muitos que, em todo o Distrito Diamantino, desviavam diamantes da rota oficial de Lisboa para a via clandestina de Amsterdã. E desse contrabando participavam, inclusive, muitas das autoridades portuguesas em serviço no Brasil.[160]

Sobre o padre Rolim, Cecília Meireles escreveu:

---

159. ARQUIVO do Estado de São Paulo. *Documentos interessantes para a história e costumes de São Paulo*. São Paulo: Escola Tipográfica Salesiana, 1903. v. 62.
160. MAXWELL, K. *A devassa da devassa*. São Paulo: Paz e Terra, 1978.

Se perguntarem por que o prendem,
todos dão resposta vaga:
por ter arrombado a mesa
de um juiz, em certa devassa;
por extravio de pedras;
por causa de uma mulata;
por causa de uma donzela;
por uma mulher casada.

[...]

Sete pecados consigo
sorridente carregava.
Se setenta e sete houvera,
do mesmo modo os levara.
Por escândalos de amores,
sacerdote se ordenara.
Só Deus sabia os limites
entre seu corpo e sua alma![161]

Foi beneficiado da comutação de morte na forca por degredo perpétuo, a exemplo de todos os demais sentenciados com pena capital, à exceção de Tiradentes, que, além de enforcado, foi esquartejado. Embarcou para Portugal na fragata *Golfinho* em 24 de junho de 1792. Graças ao prestígio da Santa Sé, os prelados não eram degredados

---

161. MEIRELES, C. *Romanceiro da Inconfidência: obra poética*. Rio de Janeiro: Nova Aguilar, 1972.

para a África, e sim levados a Lisboa, onde a rainha dona Maria I decidiria o local onde seriam mantidos presos pelo resto da vida. Junto aos demais sacerdotes conjurados, o padre Rolim foi mandado, em 6 de julho, para cumprir prisão perpétua no forte de São Julião da Barra, em Lisboa, tendo ali permanecido por quatro anos. Em 1796, veio a ser transferido para o claustro do mosteiro de São Bento da Saúde, na capital lusitana. Fato extraordinário na vida do padre Rolim foi ter sido companheiro de cela durante um mês e sete dias do célebre e mais importante poeta português do século XVIII, Manuel Maria Barbosa du Bocage.

Bocage era filho de José Luís Soares de Barbosa, juiz e ouvidor, e de Mariana Joaquina Xavier l'Hedois Lustoff du Bocage, descendente de família da Normandia, região histórica do noroeste da França. Foi um poeta de vulto, autor de uma obra ampla que compreende nomeadamente o lirismo, a sátira, a intervenção política e social, o drama e o erotismo, temas burilados em praticamente todos os gêneros poéticos que a época exigia: entre outros, o soneto, a cantata, o epitáfio, o epicédio, a décima, o elogio, a elegia, a epístola, a ode, a canção, a glosa, a cançoneta, o canto, o idílio, o epigrama e o improviso – modalidade que o inebriamento e o convívio fraterno da boemia incentivavam. Distinguiu-se também como tradutor para o português de clássicos greco-romanos, como Ovídio, Virgílio, Moscho e Museu, bem como de autores de matriz francesa, britânica, italiana e espanhola. Foi um iluminista português dos mais representativos. Elegeu a transgressão como o sal de sua vida. Era um intelectual com asas demasiado amplas para se restringir à realidade incaracterística e limitadora de fins do século XVIII. Uma de suas obras, *Poesias eróticas, burlescas e satíricas*, é uma das vertentes nucleares de seus escritos, na qual se pode dar a conhecer Bocage em sua verdadeira dimensão. Seus textos são também relevantes, porquanto, como crítico construtivo do catolicismo oficial, na esteira do Iluminismo, de forma depurada recusa a religião punitiva, como é possível observar no "Fragmento de Alceu, poeta grego", apresentado a seguir. Divulgar essas características é muito importante para que se possa mudar a imagem que perdura até hoje junto da população menos informada: o Bocage protagonista de anedotas boçais, promíscuo e pornográfico. Inúmeros poemas foram atribuídos injustamente a esse grande polemista. Seu talento desencadeou invejas contumazes que se prolongaram para além-túmulo.

Faleceu de um aneurisma na carótida esquerda após dez meses de agonia, em 21 de dezembro de 1805, quando acabara de completar 40 anos.[162]

---

162. BOCAGE, M. M. B. du. *Obras completas: poesias eróticas, burlescas e satíricas*. Lisboa: Imprensa Nacional; Casa da Moeda, 2017, p. 105-106.

Fragmento de Alceu, poeta grego
(traduzido da imitação francesa de mr. Parny)

I

Imaginas, meu bem, supões, ó Lília,
que os benéficos Céus, os Céus Piedosos
exigem nossos ais, nossos suspiros
em vez de adorações, em vez d'incensos?
Crédula, branda amiga, é falso, é falso:
longe a cega ilusão. Se ambos sumidos
em solitário bosque, e misturando
doces requebros c'os murmúrios doces
dos transparentes, gárrulos[163] *arroios,*
sempre me ouvisses, sempre me dissesses
que és minha, que sou teu, que mal, que ofensa
nosso inocente ardor faria aos Numes?
Se acaso, reclinando-te comigo
sobre viçoso tálamo de flores,
turvasse nos teus olhos carinhosos
suave languidez a luz suave;
se os doces lábios teus entre meus lábios
fervendo, grata Lília, me espargissem
vivíssimo calor nas fibras todas;
se pelo excesso de inefáveis gostos
morrêssemos, meu bem, duma só morte
e se o Amor outra vez nos desse a vida

---

163. Palradores, tagarelas.

para expirar de novo, em que pecara,
em que afrontara aos céus prazer tão puro
a voz do coração não tece enganos,
não é réu quem te segue, ó Natureza;
esse Jove,[164] *esse deus, que os homens pintam*
soberbo, vingador, cruel, terrível,
em perpétuas delícias engolfado,
submerso em perenal tranquilidade,
co'as ações humanas não se embaraça:
fitos seus olhos no universo todo,
em todos os mortais, num só não param.
As vozes da razão profiro, ó Lília!
É lei o amor, necessidade o gosto;
viver na insipidez é erro, é crime,
quando amigo prazer se nos franqueia.

II

Eia! Deixemos a vaidade insana,
correndo-se da rápida existência,
sem susto para se criar segunda;
deixemos-lhe entranhar por vãs quimeras,
pela imortalidade os olhos ledos,
e do seu frenesi, meu bem, zombemos.
Esse abismo sem fundo, ou mar sem praia
onde a morte nos lança, e nos arroja,
guarda perpetuamente tudo, ó Lília,

---

164. Como também era conhecido Júpiter, o rei dos deuses (equivalente na mitologia grega a Zeus).

tudo quanto lhe cai no bojo imenso.
Enquanto dura a vida, ah, sejam, sejam
nossos os prazeres, os Elísios[165] *nossos!*
Os outros não são mais que um sonho alegre,
uma invenção dos reis, ou dos tiranos,
para curvar ao jugo os brutos povos,
e o que a superstição nomeia Averno,[166]
e à multidão fanática horroriza;
as fúrias, os dragões e as chamas fazem
mais medo aos vivos do que mal aos mortos.

No ano de 1802, o general Jean Lannes – futuro marechal e duque de Montebello –, embaixador da França de Napoleão Bonaparte em Lisboa, resolveu interceder a favor do padre Rolim. Lannes era reconhecido como um dos mais hábeis comandantes napoleônicos e é descrito como um homem valente, impetuoso, de temperamento difícil. Não se sabe até hoje o que motivou aquele gesto do famoso general, graças ao qual dom João VI concedeu-lhe o perdão. Sem tal ajuda providencial, ele teria permanecido no cárcere até a morte. O padre Rolim então recebeu um novo passaporte, voltou para o Arraial do Tijuco, hoje Diamantina, e recuperou parte dos seus bens, que, por estratégia, transferira de seu pai para seus irmãos. Durante a proclamação da Independência do Brasil, em 1822, ain-

---

165. Lugar dos bem-aventurados no além, segundo a mitologia grega; significa, nesse contexto, o deleite supremo.
166. O inferno.

da estava de pé, alquebrado, mas vivo, com a resistência de sempre. Viveria ainda treze anos no país livre, para só morrer em 21 de setembro de 1835, aos 88 anos de idade. Foi enterrado na igreja do Carmo, recebendo a sepultura nº 2. Consta que teria sido vestido, para a cerimônia fúnebre, com paramentos maçônicos. Segundo o jornalista Roberto Wagner de Almeida, não há como localizar seus despojos, mas supõe-se que a sepultura nº 2 esteja aos pés do altar. Assim escreve:

> [...] nada existe a demarcá-lo no chão de tábuas estreitas, que certamente não remontam ao tempo em que, na rua da frente, desfilava altivo em seu cavalo castanho, sobre uma sela de veludo azul, um sacerdote valente, amante de mulheres, diamantes e aventuras [...]. Sua casa ainda está felizmente preservada e é hoje o Museu do Diamante em Diamantina. [...] é desolador saber que o padre Rolim, que teve um papel de destaque na Conjuração Mineira, não recebeu a devida atenção em sua cidade natal, Diamantina. Diamantina deveria se preocupar em erguer o monumento que lhe deve há mais de 200 anos [...].[167]

---

167. ALMEIDA, R. W., op. cit.

PADRE INÁCIO DE SOUSA ROLIM, GRANDE EDUCADOR DE CAJAZEIRAS

O padre Heliodoro de Sousa Pires[168] conta que Vital de Sousa Rolim I, casado com Ana Francisca de Albuquerque (Mãe Aninha), morava numa casa do sítio Serrote, pertencente ao seu sogro, Luís Gomes de Albuquerque. Certa vez, Vital Rolim teria saído de casa com uma foice e aberto uma picada no cerrado. Já bem distante de sua morada, num lugar onde o terreno fazia ligeira elevação, roçou-o e planejou construir ali sua residência. A mata ao redor era formada por cedros, aroeiras, paus-d'arco e muitas cajazeiras.

Ergueu sua morada no lugar escolhido, e outras casas foram sendo construídas nas proximidades. Surgiu um ponto de pernoite nos ermos daquelas distâncias e assim começou o arruado de Cajazeiras, na Paraíba. Seu crescimento foi rápido. Foram construídos uma capela, casas comerciais, outros negócios. O lugarejo desenvolveu-se e buscou alcançar o título de arraial para erguer-se como povoação. Em 10 de julho de 1876, a Vila de Cajazeiras foi elevada à categoria de cidade pela lei nº 616.[169]

Vital de Sousa Rolim I, nascido em 1761, era um dos dezoito filhos do alagoano Antônio de Sousa Dias e Maria

---

168. PIRES, H. *Padre mestre Inácio Rolim: um trecho da colonização do norte brasileiro e o padre Inácio Rolim*. 2. ed. Teresina: Gráfica Editora Grupo Claudino, 1991. (Documentos Sertanejos).
169. CUNHA, J. R. *Barra da Timbaúba – ensaio genealógico*. João Pessoa: A União, 1994.

Coelho da Cunha, nascida na região cearense de Jaguaribe. Vital contraiu matrimônio com Ana Francisca em 10 de fevereiro de 1795 e faleceu no dia 27 de setembro de 1837.

Vital e Ana tiveram dez filhos. Inácio de Sousa Rolim, o terceiro filho do casal, nasceu em 22 de agosto de 1800 no sítio Serrote, em Cajazeiras. Foi batizado na capela de São João do Rio do Peixe pelo padre Inácio João, filho do velho português Domingos João.[170] Foi estudar no colégio do padre José Martiniano de Alencar no Crato, Ceará, de onde voltou no ano seguinte por causa da Revolução de 1817, cujo objetivo era defender a causa da nova República.

Depois de continuar algum tempo estudando na cidade, Inácio partiu para Pernambuco em 1822 e internou-se no Seminário de Olinda. Em 2 de outubro de 1825, sagrou-se presbítero na capela do Palácio Episcopal, em Recife. No ano seguinte, voltou a Olinda, a convite do bispado, para ocupar o cargo de reitor do seminário de Olinda. Durante esse período, estimado em dois anos por vários biógrafos, dedicou-se com afinco ao estudo das línguas vivas e mortas. De volta a Cajazeiras, construiu a igreja no local que ficou conhecido como Serraria. Então, ergueu um açude e uma casinha nas proximidades, onde começou a lecionar gratuitamente a algumas crianças, filhas de amigos e parentes.

---

170. LEITÃO, D. *O educador dos sertões: vida e obra do padre Inácio de Sousa Rolim*. Teresina: Gráfica Editora Grupo Claudino, 1991. (Documentos Sertanejos).

Em 1843, o padre Rolim fundou seu colégio, o Colégio Padre Rolim, que teve grande renome.[171] Uma população considerável foi atraída pelos doutos ensinamentos de sua instituição de ensino primário e secundário, cujas bases foram as propulsoras do desenvolvimento de Cajazeiras.

O Colégio Padre Rolim perdeu força a partir do ano de 1877, devido à terrível seca que assolou os sertões, e nunca mais readquiriu o brilho de outrora. De acordo com o padre Heliodoro de Sousa Pires:

> Padre Rolim foi um misto de piedade, doçura e bondade infinita, e alma sempre voltada para o bem, para o mais sublime dos sacrifícios, o sacrifício de seus interesses a bem da comunidade geral. Cajazeiras era uma fazenda, ele a transformou em um centro de civilização, proporcionando-lhe, ao mesmo tempo, as indispensáveis condições de existência; tinha os braços e o coração sempre abertos às agruras de todas as misérias humanas; era uma vida toda modelada nas belezas morais do Evangelho e na sagrada doutrina do divino Mestre. Dedicara-se às línguas e tornara-se um poliglota. Nas ciências fizera da história natural seu campo de predileção. De suas obras foram apenas publi-

---

171. MEDEIROS, J. R. C. *Dicionário corográfico do estado da Paraíba*. 2. ed. Rio de Janeiro: Imprensa Nacional, 1950.

cadas: *Noções de história natural* (graças ao apoio e à colaboração incansável de seu sobrinho e cunhado Vital de Sousa Rolim II, o comandante) e *Gramática grega* (publicada em Paris, Imprensa de Henrique Plox, 1856) [...].[172]

Padre Rolim faleceu aos 99 anos de idade em Cajazeiras, na Paraíba, no dia 16 de setembro de 1899.

Padre Rolim
O Anchieta do Nordeste
Nascimento: 22/08/1800
Ordenação: 02/10/1825
Faleceu: 16/09/1899
Cajazeiras-PB.

Busto do padre Rolim (1800-1899).

---

172. PIRES, H., op. cit.

A sétima filha de Vital de Sousa Rolim I era Antônia Tereza de Jesus, casada com o cearense Joaquim Gonçalves da Costa. Esse casal teve oito filhos. O primeiro foi Vital de Sousa Rolim II (o comandante), nascido em Cajazeiras em 1829, casado com sua prima, Vitória de Sousa Rolim, filha do tenente Sabino de Sousa Coelho e de Maria Florência das Virgens (filha de Vital de Sousa Rolim I).

Desde muito cedo, o comandante Vital começou a se interessar pela vida pública de sua terra. Foi representante da Câmara Municipal de Sousa, na qualidade de membro ativo do Partido Liberal, de cuja agremiação tornou-se líder inconteste durante vários anos. Homem de pensamento e ação sempre voltados para o compromisso, lutou contra a desigualdade social, constantemente preocupado com a população menos favorecida. No dia 27 de fevereiro de 1881, o imperador dom Pedro II nomeou-o tenente coronel para comandar o 31º Batalhão da Guarda Nacional.

Faleceu no dia 24 de abril de 1915, aos 85 anos de idade.[173]

Tiveram sete filhos: tenente Acácio de Sousa Rolim; Romualdo de Sousa Rolim; Maria Olivia Rolim; Joaquim Gonçalves Rolim; Sabino Gonçalves Rolim; Vital de Sousa Rolim Filho e Ana Julia de Sousa Rolim.

O quarto filho do comandante Vital era Joaquim Gonçalves Rolim (meu bisavô), bacharel formado pela Faculdade de Direito de Recife, turma de 1889. Nascido em 18

---

173. CUNHA, J. R. *Cajazeiras*. João Pessoa: Instituto Paraibano de Genealogia e Heráldica, s/d.

de abril de 1864, foi casado com minha bisavó Eulina de Medeiros Rolim (Vó Neném). Deixou apenas um filho, Romualdo de Medeiros Rolim (meu avô).

Romualdo ocupou vários mandatos como diretor do Tesouro da Paraíba e, em junho de 1932, foi designado pelo interventor Gratuliano de Brito para dirigir a Secretaria da Fazenda, Agricultura e Obras Públicas. Foi também deputado classista, representando o funcionalismo na Assembleia Legislativa do Estado, em 1934, e novamente secretário da Fazenda da Paraíba, em 1940.

Joaquim Gonçalves Rolim teve uma vida pública de apenas dez anos, durante os quais foi intendente municipal, nomeado em 31 de janeiro de 1890, deputado estadual, figurando na primeira turma do estado, juiz de direito, nomeado em 18 de fevereiro de 1897, e juiz de direito da Comarca de Cajazeiras, sua terra natal, cargo confirmado em 12 de julho de 1897. No período de 1893 a 1897, também exerceu o cargo de membro do Conselho Municipal de Cajazeiras.

Faleceu prematuramente de febre tifoide em 1899, com apenas 35 anos de idade.

ANEXO

Árvore Genealógica de Sérgio Rolim Mendonça

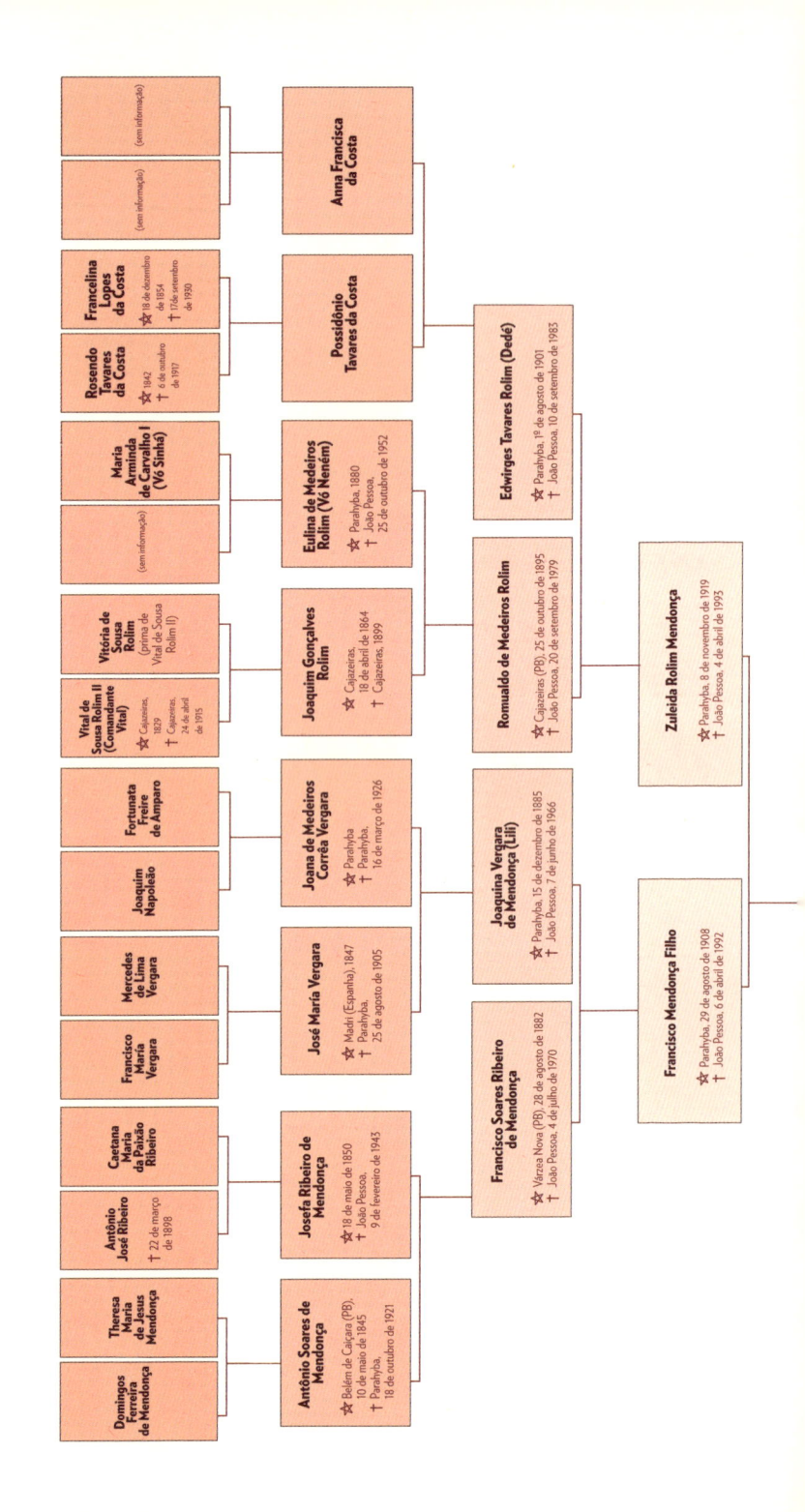

Genealogical Chart

Generation 1 (Great-great-grandparents)

- **Domingos Ferreira de Mendonça**
- **Theresa Maria de Jesus Mendonça**
- **Antônio José Ribeiro**
  - † 22 de março de 1898
- **Caetana Maria da Paixão Ribeiro**
- **Francisco María Vergara**
- **Mercedes de Lima Vergara**
- **Joaquim Napoleão**
- **Fortunata Freire de Amparo**
- **Vital de Sousa Rolim II (Comandante Vital)**
  - ☆ Cajazeiras, 1829
  - † Cajazeiras, 24 de abril de 1895
- **Vitória de Sousa Rolim** (prima de Vital de Sousa Rolim II)
- **Maria Arminda de Carvalho I (Vó Sinhá)**
- (sem informação)
- **Rosendo Tavares da Costa**
  - ☆ 1842
  - † 6 de outubro de 1917
- **Francelina Lopes da Costa**
  - ☆ 18 de dezembro de 1854
  - † 17 de setembro de 1930
- (sem informação)
- (sem informação)

Generation 2 (Great-grandparents)

- **Antônio Soares de Mendonça**
  - ☆ Belém de Caiçana (PB), 10 de maio de 1845
  - † Parahyba, 18 de outubro de 1921
- **Josefa Ribeiro de Mendonça**
  - ☆ 18 de maio de 1850
  - † João Pessoa, 9 de fevereiro de 1943
- **José María Vergara**
  - ☆ Madri (Espanha), 1847
  - † Parahyba, 25 de agosto de 1905
- **Joana de Medeiros Corrêa Vergara**
  - ☆ Parahyba
  - † Parahyba, 16 de março de 1926
- **Joaquim Gonçalves Rolim**
  - ☆ 18 de abril de 1864
  - † Cajazeiras, 1899
- **Eulina de Medeiros Rolim (Vó Neném)**
  - ☆ Parahyba, 1880
  - † João Pessoa, 25 de outubro de 1952
- **Possidônio Tavares da Costa**
- **Anna Francisca da Costa**

Generation 3 (Grandparents)

- **Francisco Soares Ribeiro de Mendonça**
  - ☆ Várzea Nova (PB), 28 de agosto de 1882
  - † João Pessoa, 4 de julho de 1970
- **Joaquina Vergara de Mendonça (Lili)**
  - ☆ Parahyba, 15 de dezembro de 1885
  - † João Pessoa, 7 de junho de 1966
- **Romualdo de Medeiros Rolim**
  - ☆ Cajazeiras (PB), 25 de outubro de 1895
  - † João Pessoa, 20 de setembro de 1979
- **Edwirges Tavares Rolim (Dedé)**
  - ☆ Parahyba, 1º de agosto de 1901
  - † João Pessoa, 10 de setembro de 1983

Generation 4 (Parents)

- **Francisco Mendonça Filho**
  - ☆ Parahyba, 29 de agosto de 1908
  - † João Pessoa, 6 de abril de 1992
- **Zuleida Rolim Mendonça**
  - ☆ Parahyba, 8 de novembro de 1919
  - † João Pessoa, 4 de abril de 1993

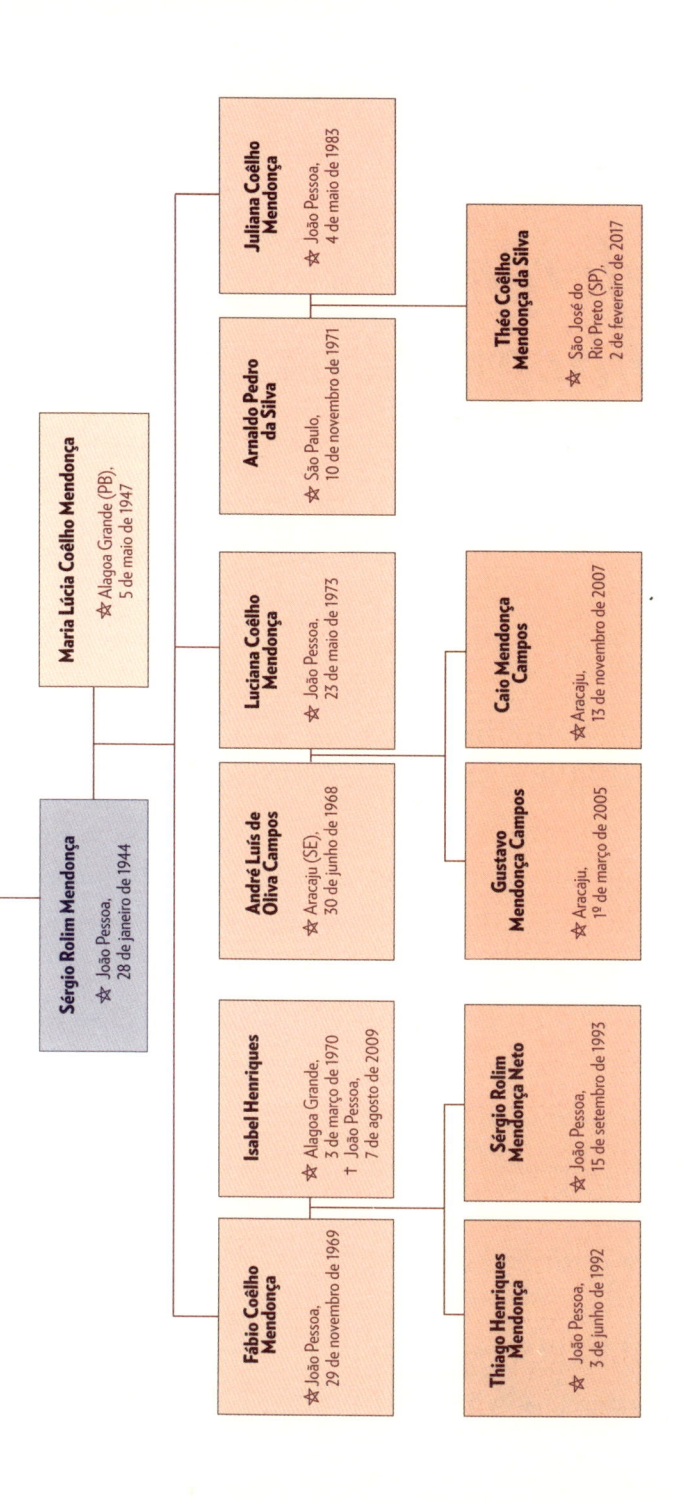

Sérgio Rolim Mendonça
☆ João Pessoa, 28 de janeiro de 1944

Maria Lúcia Coêlho Mendonça
☆ Alagoa Grande (PB), 5 de maio de 1947

Fábio Coêlho Mendonça
☆ João Pessoa, 29 de novembro de 1969

Isabel Henriques
☆ Alagoa Grande, 3 de março de 1970
† João Pessoa, 7 de agosto de 2009

Luciana Coêlho Mendonça
☆ João Pessoa, 23 de maio de 1973

André Luís de Oliva Campos
☆ Aracaju (SE), 30 de junho de 1968

Juliana Coêlho Mendonça
☆ João Pessoa, 4 de maio de 1983

Arnaldo Pedro da Silva
☆ São Paulo, 10 de novembro de 1971

Thiago Henriques Mendonça
☆ João Pessoa, 3 de junho de 1992

Sérgio Rolim Mendonça Neto
☆ João Pessoa, 15 de setembro de 1993

Gustavo Mendonça Campos
☆ Aracaju, 1º de março de 2005

Caio Mendonça Campos
☆ Aracaju, 13 de novembro de 2007

Théo Coêlho Mendonça da Silva
☆ São José do Rio Preto (SP), 2 de fevereiro de 2017

Referências bibliográficas

LIVROS E ARTIGOS

ALMEIDA, R. W. *Entre a cruz e a espada: a saga do valente e devasso padre Rolim*. São Paulo: Paz e Terra, 2002.

ARQUIVO DO ESTADO DE SÃO PAULO. *Documentos interessantes para a história e costumes de São Paulo*. São Paulo: Escola Tipográfica Salesiana, 1903. v. 62.

BERTIN, D. *Autun: Dates, Facts and Figures*. Paris: Jean-Paul Gisserot, 2015.

BIGARNE, C. *Étude historique sur le chancelier Rolin et sur sa famille*. Beaune: Lambeur, 1860.

BOCAGE, M. M. B. du. *Obras completas: poesias eróticas, burlescas e satíricas*. Lisboa: Imprensa Nacional; Casa da Moeda, 2017.

CALDEIRA, J. et al. *Viagem pela história do Brasil*. 2. ed. revista e ampliada. São Paulo: Companhia das Letras, 1997.

CANOVA, L. As representações de Antônio Rolim de Moura sobre a paisagem no interior da América Portuguesa no século XVIII. *Crítica Histórica*, Cuiabá, ano 1, n. 2, dez. 2010.

CUNHA, J. R. *Barra da Timbaúba: ensaio genealógico*. João Pessoa: A União, 1994.

_____. *Cajazeiras*. João Pessoa: Instituto Paraibano de Genealogia e Heráldica, s/d.

DE VAIVRE, J. B. Armoiries et devises des Rolin. In: Le faste des Rolin: au temps des ducs de Bourgogne. *Dossier de L'Art*, n. 49, p. 10-13, jul. 1998.

ELUCIDÁRIO nobiliarchico. *Revista de História e Arte*, Lisboa, Livraria J. Rodrigues, v. 2, n. 1, 1929.

ESPANCA, F. Vaidade. In: *Lisbon Poets*. Lisboa: Lisbon Poets and Company, 2017.

FRANÇOIS, B. Le Mobilier de l'Hôtel-Dieu. In: Le faste des Rolin: au temps des ducs de Bourgogne. *Dossier de L'Art*, n. 49, p. 70-77, jul. 1998.

_____. *The Hospices de Beaune: Dates, Facts and Figures*. Paris: Jean-Paul Gisserot, 2012.

GELFAND L. D.; GIBSON, W. S. The "Rolin Madonna" and the Late-Medieval Devotional Portrait. *Simiolus: Netherlands Quarterly for the History of Art*, v. 29, n. 3/4, p. 119-138, 2002.

GREENBLATT, S. *A virada: o nascimento do mundo moderno*. São Paulo: Companhia das Letras, 2011.

JOUBERT, F. Les Tapisseries de l'Hôtel-Dieu. In: Le faste des Rolin: au temps des ducs de Bourgogne. *Dossier de L'Art*, n. 49, p. 62-63, jul. 1998.

JUGIE, P. La Construction de l'Hôtel-Dieu. In: Le faste des Rolin: au temps des ducs de Bourgogne. *Dossier de L'Art*, n. 49, jul. 1998, p. 52-61.

KARLEN, A. *Man and Microbes: Disease and Plagues in History and Modern Times*. Nova York: Touchstone Books, 1995.

KENNEL, F. *French Wine*. Vichy: Aedis, 2001.

_____. *Burgundy Wines*. Vichy: Aedis, 2002.

LEITÃO, D. *O educador dos sertões: vida e obra do padre Inácio de Sousa Rolim*. Teresina: Gráfica Editora Grupo Claudino, 1991. (Documentos Sertanejos).

LORENTZ, P. La Nativité du cardinal Rolin. In: Le faste des Rolin: au temps des ducs de Bourgogne. *Dossier de L'Art*, n. 49, p. 46-49, jul. 1998.

_____. La Vierge du chancelier Rolin par Jan van Eyck. In: Le faste des Rolin: au temps des ducs de Bourgogne. *Dossier de L'Art*, n. 49, p. 30-33, jul. 1998.

_____. Le Polyptyque du jugement dernier par Rogier van der Weyden. In: Le faste des Rolin: au temps des ducs de Bourgogne. *Dossier de L'Art*, n. 49, p. 64-69, jul. 1998.

MARTIN, P. *Le Petit Livre de Louis XIV*. Vanves: Éditons du Chêne, 2015.

MAURICE, B.; LOOSE, H. N. *Musée Rolin: guide du visiteur*. Autun: Ministère de Culture; D.R.A.C de Bourgogne; Daniel Briand, s/d.

MAURICE-CHABARD, B. La Collégiale Notre-Dame-du-Châtel. In: Le faste des Rolin: au temps des ducs de Bourgogne. *Dossier de L'Art*, n. 49, p. 24-29, jul. 1998.

_____. Les Embellissements de la cathédrale Saint-Lazare. In: Le faste des Rolin: au temps des ducs de Bourgogne. *Dossier de L'Art*, n. 49, p. 34-45, jul. 1998.

MAXWELL, K. *A devassa da devassa*. São Paulo: Paz e Terra, 1978.

MEDEIROS, J. R. C. *Dicionário corográfico do estado da Paraíba*. 2. ed. Rio de Janeiro: Imprensa Nacional, 1950.

MEIRELES, C. *Romanceiro da Inconfidência: obra poética*. Rio de Janeiro: Nova Aguilar, 1972.

MÉNAGER, P. History of a Hospital. In: *Destination... Beaune*: The Essential Guide. Beaune: Escargot Savant, 2014, p. 12-19.

_____. Palace for the Poor. In: *Destination... Beaune*: The Essential Guide. Beaune: Escargot Savant, 2014, p. 20-45.

_____. Treasures of the Hotel-Dieu. In: *Destination... Beaune*: The Essential Guide. Beaune: Escargot Savant, 2014, p. 46-62.

_____. In Vino Hospitalis. In: *Destination... Beaune*: The Essencial Guide.. Beaune: Escargot Savant, 2014, p. 68-75.

_____. To the poor, eternally. In: *Destination... Beaune*: The Essential Guide. Beaune: Escargot Savant, 2014, p. 10-11.

MENDONÇA, S. R. *O caçador de lagostas*. São Paulo: Labrador, 2008.

MOURA, C. F. *Dom Antônio Rolim de Moura, primeiro conde de Azambuja: biografia*. Cuiabá: Imprensa Universitária da UFMT, 1982. (Documentos Ibéricos; Capitães-Generais, 1).

PASQUET, A.; VERPIOT, I.; LABAUNE, Y. *Le Guide. Autun, ville d'art et d'histoire: musées, architectures, paysages*. Paris: Éditions du Patrimoine, 2015.

PERIER, A. *Un Chancelier au XVe siècle: Nicolas Rolin, 1380-1461*. Paris: Plon-Nourrit et Cie., 1904.

PIRES, H. *Padre mestre Inácio Rolim: um trecho da colonização do norte brasileiro e o padre Inácio Rolim*. 2. ed. Teresina: Gráfica Editora Grupo Claudino, 1991. (Documentos Sertanejos).

RICHARD, J. Le Chancelier Rolin: sa carrière et sa fortune. In: Le faste des Rolin: au temps des ducs de Bourgogne. *Dossier de L'Art*, n. 49, p. 4-9, jul. 1998.

ROBSON, J. *Expert em vinhos em 24 horas*. Trad. Helena Londres. São Paulo: Planeta, 2016.

STRASBERG. A. Les Hôtels Bourguignons de Nicolas Rolin. In: Le faste des Rolin: au temps des ducs de Bourgogne. *Dossier de L'Art*, n. 49, p. 90-93, jul. 1998.

THE School of Life. *Grandes pensadores*. Rio de Janeiro: Sextante, 2016.

VOLKMANN, J. C. *The Family Trees of the Kings of France*. Paris: Jean-Paul Gisserot, 2002.

WATTS, S. *Epidemics and History: Disease, Power and Imperialism*. New Haven; Londres: Yale University Press, 1999.

SITES

BARELLI, S. Lances recordes no Hospice de Beaune. *Menu*, 19 nov. 2014. Disponível em: <www.revistamenu.com.br/2014/11/19/lances-recordes-no-hospice-de-beaune>. Acesso em: 30 mar. 2020.

FAMÍLIA Rolim: a origem. Disponível em: <http://rolimorigens.blogspot.com.br/p/a-historia.html>. Acesso em: 25 jul. 2020.

FORZA. *Milagre na Loggia – Paletas*. Vídeo publicado em 27 de outubro de 2011. Disponível em: <www.youtube.com/watch?v=uZMrjVzbB-I>. Acesso em: 20 mar. 2020.

RENDEZVOUS Brasil. *Grande leilão dos Hospices de Beaune*. YouTube, 7 nov. 2014. Disponível em: <www.youtube.com/watch?v=wNMc4HsDYaM>. Acesso em: 25 jul. 2020.

ROLLIN, D. Descendance de Nicolas et une dame de Saint Omer. *Généalogie des Rolin/Rollin*. Disponível em: <www.genealogiedesrolinrollin.sitew.fr/Les_branches_Artesiennes.E.htm>. Acesso em: 21 mar. 2020.

TOUR de France. *Made in France. Les Hospices de Beaune*. YouTube, 12 jul. 2019. Disponível em: <www.youtube.com/watch?v=oXPuAZwU56Q>. Acesso em: 25 jul. 2020.

WIKIPÉDIA. *Jan van Eyck*. Disponível em: <https://pt.wikipedia.org/wiki/Jan_van_Eyck>. Acesso em: 19 jul. 2020.

_____. *João Ribeiro Gaio*. Disponível em: <https://pt.wikipedia.org/wiki/Jo%C3%A3o_Ribeiro_Gaio>. Acesso em: 8 set. 2020.

_____. *La Vierge du chancelier Rolin*. Disponível em: <https://en.wikipedia.org/wiki/Madonna_of_Chancellor_Rolin>. Acesso em: 8 set. 2020.

Esta obra foi composta em Janson Text LT Std 12 pt e impressa em papel Pólen Bold 90 g/m² pela gráfica Loyola.